打工勇者

07 A work brave

contents

終末日 01

王牌登場

黑色的重鎧騎士停留於空中，任憑強風拍打身體。

此人的出現，將所有人的目光全部吸引住。

每個人都冒出了同樣的疑問：這傢伙是誰？

能夠飛行，代表此人是魔法師。

那身厚重的鎧甲，遠遠望去似乎是雷莫璽劍級制式魔操兵裝「黑之獸」。有辦法駕馭這種等級的魔操兵裝，意味著此人至少是伯爵級。

有些心思靈敏的人腦中立刻閃過了麥朗尼‧里希特這個名字，心想那頭神出鬼沒的鋼鐵獵犬果然一直在暗中窺伺，找機會出手。

「妳……？」

札庫雷爾驚訝地看著突然出現的漆黑騎士。

他一開始也以為里希特真的不顧傷勢偷偷跟來了，但很快他就發現到某些不對勁的地方。此人手持外形凶惡的巨大斧劍，而里希特從不使用這種武器，且身高也不太對。

就在這時，札庫雷爾突然感覺自己的手臂一緊，隨即整個人不由自主地往後倒飛。原來漆黑騎士抓住了札庫雷爾，想要將他拖離戰場。

「別想跑！幹掉他們！」

巴魯希特大吼。

庫布里克公爵立刻發動穹弩之型，巨大的光束有如張牙舞爪的猛獸撲向兩人。

漆黑騎士見狀，立刻將札庫雷爾用力甩向遠方的戰列艦，然後轉身面對老公爵的攻擊。只見漆黑騎士雙手高舉斧劍，一刀將穹弩之型從中劈開！

「什麼！」

巴魯希特大吃一驚，這是因為漆黑騎士的應對方式太過出人意料。

以劍硬撼魔法——正常的魔法師絕對不會做這種事，因為風險實在太高了。照理來說，閃避或壁壘之型才是正確的選擇。就算穿著魔操兵裝，對防禦力極有自信，但銘刻於身體深處的戰鬥習慣，也不會允許魔法師做出這種不智的行為。

換言之，眼前的漆黑騎士若不是戰鬥方面的菜鳥，就是慣於用劍的好手。

下一秒鐘，漆黑騎士以行動證明了自己屬於後者。

劈開光束後，漆黑騎士直接衝向庫布里克公爵。老公爵再次發動了穹弩之型，卻也再次被對方劈開。然而就在老公爵發動第三次的穹弩之型時，漆黑騎士卻改變戰法，漂亮地閃過了光束，一口氣縮短雙方之間的距離。

至此，漆黑騎士終於成功將老公爵納入了那把巨大斧劍的攻擊射程之中。

這完全是身經百戰的高手才能做出的行動。

連續兩次正面劈開魔法，在敵人心中植入印象，然後突然變換行動模式，奪走名為距離的天然障壁。只有對近身戰非常熟悉的人，才做得到這種事。而正統的魔法師——包括陸戰軍團元帥札庫雷爾在內——其實都不擅長近身戰。

這傢伙到底是誰？巴魯希特心中湧起疑惑的烏雲。

※◆※◆※◆※

「那傢伙到底是誰？」

同樣的問題在晨風號的指揮室裡響了起來，開口的是三侯爵之一的凱梅列克。

「不是里希特嗎？」

「你眼睛瞎了嗎？里希特用的才不是那種武器！」

「可是我們這邊能穿上『黑之獸』，又不在現場的侯爵，除了里希特以外沒有別人了啊！」

「絕對不是里希特！戰鬥方式完全不一樣！」

「喂……等等，我沒看錯吧？」

「老公爵竟然落下風……？」

「這、這怎麼可能……！」

侯爵們很快就說不出話來，因為情況完全出乎他們的意料。

庫布里克公爵被壓制住了。

戰場上，兩道黑影在空中互相糾纏，光束不時飛舞，偶爾還會迸出刺眼的閃光。若是仔細觀察，可以看出一方努力拉開距離，另一方則死死地咬在後頭。光束的真面目是穿弓之型與穹弩之型，而閃光則是壁壘之型被劈開所造成的魔力溢散現象。

庫布里克公爵一邊飛行一邊發動魔法，試圖擺脫漆黑騎士。然而對方的速度與反應實在太快，況且判斷力也極為出色，不管庫布里克公爵使用假動作或是故意露出破綻，都沒能引誘對方上當，反而屢屢讓自己險象環生。

一般說來，越是強大的魔法師，越討厭近身戰。

這是因為高階魔法師的魔力領域極廣，透過干涉大氣中的元質粒子所調動的魔力攻擊，其威力遠勝刀劍，同時也能將受傷的風險抑制到最小。因此魔法師的標準戰術，就是躲在安全的地方遠遠地用魔法轟炸敵人。

當然，偶爾也會出現特例。

專走刺殺路線的里希特，以及劍術過人的亞爾卡斯，就是最好的例子。

但也因為是特例，所以漆黑騎士的存在顯得更加不合理。

這種戰法奇特的高階魔法師，不可能默默無聞。

「……那個人，不會其實就是亞爾卡斯吧？」

薩爾泰侯爵喃喃自語。

因為這個問題實在太過白痴，另外兩人連嘲笑他的心情都沒有了。

「喂，你們發現了嗎？那個傢伙……從頭到尾都在用劍。」

「那又如何？」

「不覺得不對勁嗎？亞爾卡斯就算用劍，也會偶爾穿插一些魔法牽制敵人。這種只用劍的打法……簡直跟那些低賤的騎士一樣。」

「哪裡不對勁了？那傢伙明顯是在模仿獸人，徹底的近身戰。哼，不得不說這個戰術選得真好，就連老公爵都束手無策了。」

「我記得老公爵年輕時也跟獸人打過仗，他應該知道反制的對策吧？」

「獸人不會飛。」

「……說得也是。」

被漆黑騎士扔出去的札庫雷爾，成功地降落在銀星號的艦橋之上，然後在士兵的攙扶下回到了指揮室。

對於札庫雷爾的返回，指揮室裡幾乎無人察覺，這是因為他們的目光全部放在艦外的戰鬥上面了。

指揮室裡的氣氛非常熱鬧。

札庫雷爾進入指揮室後，首先看到的便是紅榴整個人貼在硬化玻璃前面，一臉激動地跳上跳下，不斷喊著「上啊」、「就是那裡」。受到紅榴的影響，指揮室裡的空航士們也熱烈地揮舞雙臂，高喊「陛下加油」。

接著札庫雷爾移動視線，看到硬化玻璃上的修補痕跡。

為了方便觀察艦外事物，指揮室的牆壁有四分之一都是透明的硬化玻璃。這種玻璃經過紋陣加固後，硬度會變得非常驚人。札庫雷爾記得很清楚，在他離開前，那面堅逾鋼鐵的硬化玻璃還是完好的，如今卻有一部分蓋上了鋼板與固化膠，顯然是被什麼東西打破，然後派人緊急修補。

札庫雷爾將視線移動到指揮席，原本應該坐在上面的黑髮少女不在那裡。旁邊的莫浩然看到他後，露出了苦笑。

（果然……）

札庫雷爾嘆了一口氣。正如他猜測的一樣，剛才救了自己的人，就是零沒有錯。

札庫雷爾走向指揮席，但才邁出兩步，他就突然感到一陣暈眩。幸好莫浩然及時跑過來扶住他，才沒有讓這位威名赫赫的陸戰軍團元帥出醜。

「你還好吧？」

「……老實說，很不好。」

札庫雷爾知道現在不是逞強的時候，於是直言相告。

剛才那一戰雖然沒有受傷，但精力方面的消耗非常嚴重，差一點就要強行進入靈魂安眠的狀態。如今的札庫雷爾，戰鬥能力幾乎等於零。

「慚愧。本來抱著必死的決心出戰，最後卻被你們救了。」

「拜託，大叔，別隨便亂立死旗！要是你真的掛了，我們該怎麼辦？」

莫浩然不但沒有被札庫雷爾的覺悟所感動，反而抱怨對方擅作主張。

說實話，打算趁亂逃跑的莫浩然根本沒什麼立場說別人，不過既然還沒逃跑，他便將這個問題拋在腦後了。

「抱歉吶，畢竟不到最後，我也不想走到那一步。」

札庫雷爾很乾脆地道歉了。

「不過就算我不在了，我相信你們也能妥善處理。憑你們的能力，即使統領一軍也絕對沒有問題。若出了什麼事，還有亞爾卡斯與里希特可以幫忙。」

札庫雷爾行事一向穩重，當他決定自我犧牲時，也並不是沒有考慮過後續的問題，例如誰來指揮軍隊、處理事務等等。但因為莫浩然等人這陣子的表現實在太好，讓他產生了「把後事託付給他們也無妨」的念頭。

聽見札庫雷爾這番話後，莫浩然的背部流滿冷汗。

要是真的發生那種事，別說是協助收拾善後了，他恐怕會第一時間溜掉吧。身為一介高中生的他，光是扮演女王近侍就已經費盡心力了，要是真的叫他統領軍隊，他有信心自己一定會一邊慘叫一邊逃跑。

「話說回來……雖然聽亞爾卡斯提過，可是……」

札庫雷爾將視線投向硬化玻璃。

艦外的戰況沒有改變，零依舊死死壓制著庫布里克公爵。

零的高超劍術也是原因之一，但最大的原因，在於她身上那套魔操兵裝——

「漆黑騎士」。

與亞爾卡斯的「吟頌者」、札庫雷爾的「霸炎」一樣，屬於權杖級魔操兵裝。

魔操兵裝不是那種能夠隨便賞賜給人的東西。在這個魔力至上的世界，它的價值更勝領地或權力，也是最高的榮譽。君主賜下魔操兵裝，就是在暗示「我完全信賴你」。

這樣的殊榮往往只有開國元勛才能擁有，而且受賜者死後，魔操兵裝是會被收回去的，無法傳給後代子嗣。如此一來，更突顯出魔操兵裝的非凡價值。

至於權杖級魔操兵裝的稀有性自然更不用提。在札庫雷爾的記憶裡，全雷莫權杖級魔操兵裝僅有三套——其中包括了自己與亞爾卡斯的。

另外一套權杖級魔操兵裝是戰爭儲備，被保管在皇室寶庫最深處。一旦爆發國家級戰事，需要高階魔法師出動時，才會視情況進行調撥。

可是，莎碧娜卻把它交給了一介貼身侍衛。

札庫雷爾完全搞不懂莎碧娜到底是怎麼想的。若不是考慮到兩者間的歲數不對，他幾乎要以為零是莎碧娜的私生女了。

（不對，現在不是想這些事的時候。）

札庫雷爾猛力搖頭。因為疲憊的關係，他現在精神有些渙散，為了強迫自己把思緒拉回來，他不得不做出這種有失體面的動作。

「她的戰術非常正確。一旦進入近身戰，庫布里克公爵就無法提升魔法的威力。我聽亞爾卡斯提過了，她身上那套魔操兵裝的防禦力極高，可以直接彈開對方倉促發動的魔法。」

札庫雷爾用僅有他與莫浩然才能聽見的音量，對艦外的戰鬥進行評論。

魔法的威力大小，取決於魔法師的魔力領域。但魔力領域越大，就越需要時間調動領域範圍內的元質粒子，這就是高階魔法師為何喜歡遠距離戰鬥的原因之一。

元質粒子的調動速度會隨著魔法師的經驗累積而加快，但就算速度再怎麼提升，還是需要時間。以札庫雷爾自己為例，他在狀態最好的情況下，一秒內能夠調動元質粒子的範圍是半徑兩百公尺——大約只比子爵級魔法師全力出手要強上那麼一點而已。

庫布里克公爵的調動速度再快，也不可能超過札庫雷爾一倍以上，那種事就連莎碧娜也做不到。

庫布里克公爵確實擁有王爵級的魔力領域，而且還擁有「閃焰之型」這種極其強力的特殊型魔法，但若是不給他足夠的調動時間，那他能夠發揮的魔法威力便相當有限。

這也正是為何庫布里克公爵遲遲無法甩掉零的原因。

「可是，她還是會輸。」

「蛤？」

莫浩然發出了像是被什麼東西噎住喉嚨的聲音。

「會輸？你剛剛不是說——」

「跟一般的魔法師打，她會贏，除非遇上像亞爾卡斯那樣的劍術高手。庫布里克公爵雖然不擅長近身戰，可是，最後她還是會輸。」

「為、為什麼？」

「因為庫布里克公爵已經不算是人了。」

「啥？」

「……剛才，我被庫布里克公爵掐住脖子。」

札庫雷爾邊說邊摸了摸自己的頸部，那裡殘留著青黑色的指痕。

「我是在那時察覺到的。眼前的『那個』不是庫布里克公爵，而是有著庫布里克公爵外形的『其他東西』。」

「其他東西？什麼意思？」

「……庫布里克公爵傷得很重，對於這點我有自信，但是他的行動卻絲毫沒有受到傷痛的影響……不僅如此，他的力量也強得不像是一個老人……還有，他的眼神也非常不對勁。」

無比混濁，毫無光彩的雙眼。

簡直就像是死人一樣。

「我不知道庫布里克公爵究竟是怎麼辦到的，但現在的他不怕受傷——恐怕連死亡都不怕。她不清楚庫布里克公爵的異常，當她取得決定性的優勢時，也就是情況逆轉的時候。」

札庫雷爾彷彿能夠預見未來般，斷定這場戰鬥會出現什麼樣的結局。

聽完札庫雷爾的判斷後，莫浩然向前走了好幾步。

在旁人看來，他是因為關心艦外的戰況才會忍不住移動腳步的，就連札庫雷爾也這麼認為。

「喂，你覺得咧？」

事實上，莫浩然是想跟其他人拉開距離，好徵詢頭上那位大法師的意見。

「……偽命術。」

「什麼？」

「庫布里克公爵已經——不，這樣講你可能很難馬上理解。總之，你就把它當成庫布里克公爵用了某種魔法，變成了感覺不到疼痛的狀態。」

「那種魔法就是偽命術嗎？有沒有辦法對付？」

「很遺憾。我只是知道有這種魔法而已。」

「我靠！虧你還自稱大法師！」

「我是大法師，但又不是無所不知。」

「那該怎麼辦？要是零輸掉，那個老頭就要殺過來了！」

「這不是剛好嗎？」

傑諾的回答讓莫浩然愣住了。

「……什麼意思？」

「想要逃跑的話，現在是最好的機會。強化人造兵已經引開了所有人的注意，虛弱的札庫雷爾也沒有能力阻止你。你只要找個藉口——例如出去助陣——離開指揮室，然後就能輕鬆奪取浮揚舟離開了。」

莫浩然微微張嘴，他突然覺得腦中一片空白。

「……你的意思是，要我不管零，帶著紅榴她們逃跑？」

「就算不帶上獸人少女跟魔力傀儡也沒關係。」

傑諾的下一句話，讓莫浩然驚訝地倒抽一口氣。

「什……」

「拋下她們，你逃跑的成功率會更高。因為沒人想得到你會這麼做。」

莫浩然的呼吸變得又輕又淺。

然後，一股怒火湧上心頭。

「你——」

「別忘了，你是為了什麼才來這個世界的。」

正當莫浩然想要開口大罵的時候，傑諾的下一句話讓他整個人凍結了。

你是為了什麼才來的？

這句質問彷彿利箭，深深刺入莫浩然的內心。

「她們是這個世界的人，本來就跟你沒有關係。你是另一邊的人，是為了延續性命而來。一旦完成契約，你就會立刻被召回原來的世界，這個世界再也跟你無關，也就是說，你跟這個世界的人牽扯再深也沒有意義。」

彷彿還嫌給對方的刺激不夠強烈似的，傑諾繼續說道。

「奪走浮揚舟，離開這裡。只要三天就能抵達我被封印的地方，然後完成契約。這樣一來，你就能回到自己的世界，過你原來的生活。」

莫浩然沒有回話。但是從他那僵硬的身體與表情，可以看出他的內心有多麼動搖。

是的，他是為了奪回生命才來到這一邊的。

最後，他也必定會回去原來的那一邊。

雖然有些穿越小說或漫畫的結局是主角留在異世界過日子，但莫浩然完全沒有這種打算。他在地球有親人，也有朋友，縱使生活不算順遂，但他仍然想要回去那一邊。

他懷念走在路上不會被怪物攻擊的和平日常，懷念權力者不敢任意欺凌底層人民的社會機制，懷念便利的現代生活，懷念不用以假身分示人的日子。

他雖然適應了傑洛，但更想回到地球。

現在就有一個絕佳機會擺在自己面前。

只要照著傑諾的建議去做，三天後他就能實現願望。

零本來就是敵人，拋下她有益無害；紅榴是自己纏上來的，她帶來的困擾多過於幫助；伊蒂絲就更不用提，她是魔王的人。傑諾的建議非常合理，帶著這些傢伙，只會拖累自己。

「……開什麼玩笑。」

莫浩然緊咬牙齒，握緊拳頭，努力控制自己不要發出大吼。他的音量很低，但是充滿了灼熱的怒意。

傑諾的建議很合理。

但——並非正論。

那只是從自己方便的角度所做出的解釋，以「有關或無關」、「有用或無用」這種粗淺的二分法看待事物，然後得出的簡單結論。

這世上多的是沒辦法用二分法來判斷的事情。

零是敵人，卻也在明明沒有必要出手的情況下幫過莫浩然好幾次。紅榴帶來的困擾比幫助要多，但她並無惡意。為了報恩，甚至願意陪莫浩然深入敵陣。以獸人與人類的關係，她所背負的風險堪稱賭命。

伊蒂絲是魔王的忠僕，可是一路走來她沒有加害過任何人，反而提供了不少幫助。就連札庫雷爾也是如此。原本他與莫浩然應該只是互相利用的關係，但他卻決定犧牲自己，將雷莫的未來託付給莫浩然。

「什麼沒有關係……什麼另一邊的人……不對，才不是那樣……因為沒有關係就可以背叛、就可以捨棄……這種事……太蠢了！」

莫浩然才十六歲，還做不到將內心想法完整的付諸於言語。他認為傑諾的話是錯的，是一種詭論，但不曉得該如何反駁。

「你的意思是，你想繼續留在這裡，等到庫布里克解決強化人造兵之後，再來解決你嗎？我再問一次，你到底是為了什麼才來這個世界的？」

「我──他媽的又不一定會輸！」

莫浩然忍不住低吼。幸好指揮室這時響起了一陣歡呼，將他的聲音蓋過去。

「不，必輸無疑。」

傑諾冷酷地說道。

「一旦強化人造兵敗北，那些觀望的侯爵恐怕會立刻倒戈，最好的情況就是逃回首都，等庫布里克開出好條件招降他們，所以你不用期待他們。札庫雷爾目前則是廢人狀態。即使獸人小丫頭跟魔力傀儡願意幫你，但用處也不大，因為她們不會飛。想跟庫布里克打，你只能靠自己。你覺得你贏得了庫布里克？」

傑諾每說一句，莫浩然的臉色就越難看一分。他知道頭上那個混蛋的分析完全沒錯，但他仍然很想把它扯下來，扔在地面用力踩。

「——既然單挑贏不了，那就圍毆！」

莫浩然低聲說道。

他轉身回到指揮席，然後伸手拆掉指揮席後方地面的偽裝隔板。為了方便逃亡，他事先用自創的拉鏈魔法切出一個空間，將禍式劍藏於其中。

「你想幹嘛？」

「閉嘴！」

在札庫雷爾訝異的目光注視下，莫浩然將事先藏好的劍匣拿出來。

「等、等等，妳想幹嘛？」

這次問話的人換成了札庫雷爾。

「看就知道了。我要去幫忙，幹掉那個老不死公爵。」

「胡鬧！妳去了反而會礙事！除非是像亞爾卡斯那樣的劍術高手，否則沒人幫得了她，就算是我也一樣！」

札庫雷爾沒有說謊。如果不是近身戰的行家，只會對零造成妨礙，讓庫布里克公爵得到反撲的機會。

「難道要這樣等著看零被幹掉嗎？」

「當然不是，我正在想辦法。可是像妳這樣魯莽地衝出去，一點忙也幫不上。」

兩人的爭吵內容足以使我方軍心瞬間崩潰，幸好此時指揮室裡面聲音吵雜，沒人聽到他們的對話。這全多虧了紅榴，她那吵死人的加油聲連帶勾起了其他人的情緒，使得大家紛紛出聲為女王陛下吶喊助威。

這些人完全不知道眼前的大好局面就像是用沙子堆起來的城堡，隨時可能會崩潰。

他們的加油聲越是激昂響亮，莫浩然就越是焦急。

即使很清楚札庫雷爾說得有道理，莫浩然還是無法就這樣待在指揮室裡什麼事情都不做。他原本就不是一個喜歡忍耐的人，否則也不會變成一個老是打架的不良少年了。在「坐視情況惡化」與「因為行動導致惡化」這兩個選項裡，他寧願選擇後者。

「——唉。」

就在這時，莫浩然耳邊響起一聲只有自己才能聽見的嘆息。

不用說，那是他頭上那位混帳大法師的聲音。

「我知道了。看來你已經下定決心。既然如此，就只剩下一個方法了。」

※◆※◆※◆※

不論從哪個角度來看，她獲得勝利是遲早的事。

在無垠穹蒼中展開的戰鬥，幾乎是呈現一面倒的狀態。庫布里克公爵從頭到尾都在拚命逃跑，雖然過程中他不時用魔法攻擊對方，但不是被閃開就是被彈開，一點效果也沒有。

老公爵軟弱無力的反擊，更顯得漆黑騎士威武難擋。

庫布里克軍人人臉色鐵青，為了即將到來的失敗而戰慄。相反的，女王軍一方的氣勢高漲，艦隊裡面的每個人都是歡欣鼓舞。然而不論是哪一方，都在猜測這位了不起的戰士到底是誰，竟然能夠戰勝老公爵。

在眾人心中，勝負已定。

——所以，接下來發生的事情才會令人驚愕。

庫布里克公爵四處逃竄，那副模樣看起來極為狼狽。他用了好幾種反制對策，但沒有一個奏效。漆黑騎士就像是一個經驗老道的獵手，將狡猾狐狸的保命招數遂一破解，並一點一點地勒緊獵物的脖子。

終於，漆黑騎士抓住對手的破綻，巨大的斧劍從側方攔腰橫掃。一旦砍中，老公爵必定會被斬為兩截。

庫布里克公爵伸出右手全力發動壁壘之型，想要擋住這一劍。然而他的防禦卻被斧劍瞬間擊潰，就連右臂也被鈍重的刀刃所轟碎！

異變就是在這時發生的。

庫布里克公爵被打飛——藉助敵人的攻擊力道與自己的天翔之型——與漆黑騎士拉

開一大段距離。

犧牲了一條右臂，庫布里克公爵終於得到他渴求的空間。當漆黑騎士察覺不對，想要追上去時，雙方已經隔了將近一百公尺。

下一瞬間，閃焰咆哮。

漆黑騎士的頭部被閃焰擊中，這一擊的力道是如此之重，以至於漆黑騎士的下巴整個揚了起來。

庫布里克公爵不愧是身經百戰的老牌貴族，即使已經變成傀儡，但是過去累積下來的戰鬥經驗仍然深深地銘刻於身體裡。他看出對手的防禦力非同小可，因此故意對準頭部——特別是眼睛的部位——發動攻擊。

這是一種非常毒辣的戰法，眼睛一旦被攻擊，人類的動作會下意識地變慢，甚至停止動作，這點就算是訓練有素的戰士也很難克服。再加上視野受阻，無論如何動作都會受到影響。

庫布里克公爵再次發動閃焰之型，瞄準的位置依舊是頭部，漆黑騎士的下巴再次揚了起來。如果用地球的拳擊來比喻，這就像是連續吃了兩記大炮般的直拳一樣。

雙方的距離被拉開得更遠了。

這也意味著——老公爵的魔法威力將會變得更強。

閃焰第三次降臨。

似乎察覺到對方的戰術，漆黑騎士想要向下移動，然而速度快不過閃焰，而且老公爵也提前預判了漆黑騎士的行動。於是，漆黑騎士的頭部再一次遭到重擊。

然後，閃焰飛舞。

數不清的青色焰光在空中描繪出熾熱的痕跡，毫不留情地落到漆黑騎士身上。漆黑騎士就像是沙包一樣，只能在原地不斷任人宰割。

敵我雙方全都呆住了。

他們搞不懂，為什麼在短短數秒內，情況竟然會整個逆轉過來？明明庫布里克公爵都已經失去一隻手了，為何還能如此勇猛？一個九十多歲的老人受到這種重傷，照理來說早該痛到昏厥過去不是嗎？太多的疑惑充塞於他們腦中，以至於無人為這場精采的逆轉秀喝采鼓掌。

戰場上，單方面的凌遲秀仍在上演。

在挨了不知多少發的閃焰後，漆黑騎士的頭盔出現裂痕。

即使正面接下亞爾卡斯的六翼輓歌，漆黑騎士的鎧甲也能分毫無傷，如今卻在閃焰攻擊下受損，由此可知王級魔法師的攻擊力有多強了。

這時，庫布里克公爵甩出一道至今為止最巨大的青色焰光。漆黑騎士的頭盔終於到達極限，被閃焰轟碎。頭盔的碎片還原為魔力，消失於大氣之中，原本隱藏於頭盔底下的容貌，自然也跟著曝露出來。

這是一個絕佳的機會。

此時敵人的腦袋毫無防備，庫布里克公爵只要再來一發閃焰，就能直接取走對方的頭顱。

然而，他並沒有這麼做。

「——住手！這怎麼可能！」

庫布里克公爵發出尖叫。

更正確的說法，是巴魯希特的尖叫透過魔導道具，從庫布里克公爵的喉部傳出來。

「不可能！絕對不可能！妳應該被關在虛無世界裡面才對，怎麼可能逃得出來！誰放妳出來的——？」

是的，巴魯希特之所以會尖叫，是因為他看見了漆黑騎士的臉。

他絕對不會認錯那張臉。

烏黑的秀髮、精緻的容顏、彷彿睥睨一切的眼神、凜然不可侵犯的氣質，那張臉分明就是莎碧娜．艾默哈坦！

不只是巴魯希特，同樣的驚愕也出現在敵我雙方的船艦裡面。沒人料想得到，漆黑騎士竟然就是莎碧娜本人。

伴隨著驚愕而來的，還有疑惑——為什麼莎碧娜會穿著「黑之獸」，而不是她的專屬魔操兵裝「銀霧祭禮」？為什麼她一直用劍，而不用魔法？各式各樣的疑問與臆測紛紛浮現，令他們腦中變得一片混亂。

唯有一個人不受影響。

零抓住這個機會，全力朝著對方飛去。

庫布里克公爵立刻繼續發動閃焰之型，然而零早就預料到他的反應。她以斧劍護住頭部，捨棄一切的技巧，採取最短的移動路徑——也就是直線——衝向敵人。

庫布里克公爵見狀立刻發動閃焰之型，對敵人施予超音速打擊。

但，老公爵的攻擊無法阻止對方的衝刺。

這是因為零將所有的魔力全部化為推進力的關係。

高階移動魔法「天翔之型」會在施術者四周製造複數的小型魔力塊，一旦施術者需要急速改變方向，就能立刻將小型魔力塊拿來使用。這可以省去收集大氣魔力的步驟，爭取一到兩秒左右的時間。看似短暫，但在戰場上，這一到兩秒就足以決定生死。

但此時的零沒有製造小型魔力塊，而是將所有的魔力都用來承托自己，有如火箭一樣向前噴射。這樣的作法其實已經跟低階移動魔法「瞬空之型」沒有兩樣了。

然而就算是低階魔法，在龐大的魔力推動下，也能產生驚人的速度。

庫布里克公爵連續發射閃焰，每一擊都是全力以赴。

在承受三次的閃焰打擊後，斧劍終於碎裂，而零也終於衝到了庫布里克公爵面前。她的雙手分別掐住庫布里克公爵的脖子與僅剩的左臂，一旦對方有所動作，就能立刻捏碎喉嚨。

從零發動突擊到成功得手，過程不到三秒。

然而就在這短短的時間內，情況再次逆轉。

「莎碧娜大人在哪裡！」

零用冰冷的聲音厲聲質問老公爵。她的表情沒有變化，但是眼中閃爍著危險的光芒。

庫布里克公爵陷入了絕境。

但是，他完全不慌張。

不，別說是慌張了，他根本一點情緒都沒有。沒有恐懼，沒有驚訝，沒有痛苦，他的表情比零更加死板，眼珠混濁有如晦黯的玻璃球。

「──莎碧娜……大人……？」

在脖子被牢牢掐住的情況下，庫布里克公爵說話了。

當然，那其實是巴魯希特的聲音。

若是平時的零，應該會發現對方的異常。但現在的她滿腦子都是莎碧娜的安危，根本沒有心情關注其他事情。

「說出莎碧娜大人的下落！否則殺了你！」

零加重了雙手的力道，證明自己不是在開玩笑。

「──哈……哈哈！哈哈哈哈！哈哈哈哈哈哈哈哈！」

然而，回應她的卻是瘋狂的笑聲。

「哈哈哈哈！傑作！真是傑作！原來如此、原來如此，強化人造兵！我懂了！銀霧魔女，妳可真有一套！我早該想到的──不對，不對不對，我確實想不到，畢竟是我也不知道的魔王技術嘛。妳可真行啊，莎碧娜．艾默哈坦，竟然從拉維特身上騙走這個技術，而且還把它實現了，厲害，真是厲害！哈哈，哈哈哈哈！」

巴魯希特的聲音帶著黏稠的熱度，令人聽了極為不快。零再次加重力道，手指深深陷入對方的皮膚。

任何人被這麼掐住，別說是說話，就連呼吸都不可能，然而老公爵依舊發出響亮的笑聲。更詭異的是，他的笑聲表明了自己的心情非常愉快，但表情卻始終沒有變化。

雖然晚了一點，但零總算察覺到眼前的敵人很不對勁。

就在這時，庫布里克公爵身邊開始聚集巨大的魔力。零感覺到四周魔力的異常，便知道對方打算發動反撲。她毫不猶豫地用力一掐，老公爵的頸骨立刻應聲折斷。

「我已經知道妳的底細了。去死吧，傀儡。」

巴魯希特的聲音陡然轉冷。

下一瞬間，零的眼中映出了青色的焰光。

與焰光同時出現的，是無法形容的強烈衝擊。

零被青色閃焰狠狠地轟飛，整個人筆直地向後飛出去，速度快得肉眼無法捕捉。如果不是後方的戰列艦一角突然坍塌，恐怕沒人知道她會飛去哪裡。

※◆※◆※◆※

不知是單純的幸運，或者是對方故意為之，零被轟到了銀星號的深處。

她的四周散落著大量的鋼鐵碎片與器械，這些東西一部分來自於被她撞破的數道牆壁，一部分是這個房間的零件。破裂的管線不斷噴出蒸氣、煙霧與火花，為黑暗的房間帶來些許光源。

零躺在地上一動也不動。

她想要站起來，但是身體不允許。

戰鬥累積的傷害與魔操兵裝所帶來的消耗，讓她體內的魔力爐瀕臨極限。雖然外表看起來沒有太大損傷，但她的內部其實已經被掏空了。要是再強撐下去，恐怕隨時會墜入靈魂安眠。

（——不行。）

零很清楚自己的狀況，但她仍然想要站起來。

但，那是不可能的。

光是移動手臂就會湧起一陣睏意；腰部稍微用力，意識就變得模糊。

人類從食物攝取行動的能量，而強化人造兵的能量來自於體內的魔力爐。換言之，零所做出的每一個動作，都需要仰賴魔力爐。

即使如此，她還是想站起來。

好不容易得到了那位大人的消息，她不想就這樣放棄。

那位大人是她的創造主，是她的光，是她的一切。就算犧牲這條命，她也要把那位大人救出來。

（——快動！）

她對這具完全不聽命令的身體感到憤怒。

明明叫它不要顫抖了，它卻一直抖個不停；明明叫它快點移動，它卻動得比惰殼獸還要慢。

（——動啊！快點！快動啊！）

焦急的她很想放聲大吼，但她連吼叫的力氣都沒有了。

視線變得模糊。似乎有某種溫熱的液體流過臉頰。不管那是血還是其他的什麼，她都沒有心情與時間去擦拭。

可是就算她已經這麼努力了，身體還是無法動彈。

強烈的無力感伴隨著無數情緒湧上心頭。誕生世上不到三年的少女，第一次知道什麼叫做絕望。

就在這時——

「啊，找到了。」

她聽見了某個人的聲音。

她想轉頭，卻連轉頭的力氣也用不出來。不過很快她就知道沒有必要，因為對方主動走過來，並讓臉孔進入自己的視野。

她認得這個人。

此人名為桃樂絲，是那位大人命令自己務必要牢牢看好的對象。

「妳……」桃樂絲見到自己之後，神色顯得有些驚訝。

接著零看見桃樂絲的嘴巴張了張，似乎想說些什麼，但最後還是什麼都沒說。

然後，她看到桃樂絲轉身背對自己。

「——好好休息，接下來交給我吧。」

白髮少女用堅定的聲音說道。

「——好好休息，接下來交給我吧。」

背對著零，莫浩然說出了連自己都覺得太過耍帥的臺詞。

等一下要面對的，將是自他來到異世界以來最危險的一次戰鬥。跟怪物化的老公爵相比，連變異戰蛛獸都顯得可愛許多。

老實說，他內心深處也覺得逃跑是正確的選擇。

但是，他腦中也有另一道聲音不斷提醒自己，說那個選擇並不正確。

莫浩然深吸一口氣，把心中的猶豫全部捨棄。無論如何，情況已經無法挽回。自己既然做出決定，那就要貫徹到底，想辦法把它完成。

（再說，她都已經那樣了……）

想到後面那位黑髮少女流下眼淚的臉孔，身為男人——至少精神上是——莫浩然實在沒辦法就這樣轉頭逃跑。

「聽好了，我再重複一次重點。」

這時，傑諾的聲音在耳畔響了起來。

「等一下我會將精神波長的同調等級提到極限，你的魔力領域會大幅提升，理論上可以達到公爵級的程度。但要是同調時間太長，會發生難以想像的不良影響，所以不能持續太久，頂多維持三分鐘。」

「嗯。」

「領域侵蝕交給我，但操魔技術這一塊我沒辦法幫忙，你要自己想辦法。好消息是，這次你不用太在意攻擊的精準度，在鉅額魔力的推動下，魔法的攻擊範圍也會跟著放大。不過因為你原本就不擅長遠距離戰鬥，所以還是盡量將局面拉到近身戰。」

「嗯。」

「時間一到，無論如何你都要立刻逃跑，否則只有一個下場，那就是死亡。聽懂了嗎？」

「嗯。」

無論傑諾說什麼，莫浩然都只是簡單的回應一聲。並非心不在焉，而是因為他正在集中精神。接下來的戰鬥容不得半點差錯，稍有失誤就會墜入萬劫不復的深淵，他必須繃緊神經，全神貫注才行。

「準備好了嗎？」

「好了！」

「好，注意了！極限同調，開始！」

下一瞬間，一切全都改變了。

傑諾的聲音被遠遠拋於腦後。彷彿乘著高速行駛的車子般，所有的東西都被甩開。意識在奔馳。

眼睛所接收的光線驟然擴大，耳朵所聽見的聲響遲緩至極。皮膚可以感覺到空氣的流向與變化，元質粒子的分布與動態全部瞭然於胸。

看到了。

聽到了。

感覺到了。

預測到了。

莫浩然清楚地體認到，自己就是這個世界的主宰。既然這個世界與魔力互為表裡，那麼支配了魔力的自己，又何嘗不是世界的支配者？

沒錯，自己能夠支配一切——包括時間。

風也好，光也好，全都變得無比緩慢，這不就是操控時間的證明嗎？莫浩然終於領悟到魔法師的偉大，自己絕對不會輸，也不可能輸。擁有如此強大的力量，自己什麼都做得到。

既然如此，不如真的試著支配世界……

「……這是什麼白痴中二病的思考邏輯啊？」

莫浩然搖了搖頭，將剛剛浮現的無聊念頭甩出腦海。

「——你還好吧？」

就在同時，傑諾的聲音重新響了起來。

「咦？啊，還好。不過腦袋發脹……感覺有一點暈……」

「那是你的精神為了維持自我而產生的排斥症狀，它會變得越來越嚴重。時間有限，快點！」

「知道了。」

莫浩然連忙把背上的鐵匣放下，然後將其打開。

當鐵匣開啟的瞬間，能源弧光從匣內猛然竄出，照亮了黑暗的房間。莫浩然將右手伸進鐵匣，取出了美麗又危險的水晶之劍。

然後，他的左手也從褲子口袋裡取出某樣東西。

這艘銀星號是莎碧娜的座艦，因此裝載了各式各樣的精銳武器。其中——當然也包括魔操兵裝。

「上吧！」

莫浩然解放了手中的封魔水晶。

※◆※◆※◆※

「喂，那是怎麼回事啊！」

薩爾泰侯爵氣急敗壞地大叫。此時的他臉孔扭曲，一點也沒有高階貴族應有的風範與氣度。

也難怪他如此失態，因為剛才的那一幕就是具有這樣的衝擊力。

另外兩位侯爵之所以顯得安靜，並非他們的個性沉穩，而是因為他們的腦袋無法接受先前所發生的現實，因此暫停思考。人類只要一遇到超乎想像、無法理解的事物，就會出現這樣的反應。從這點來看，薩爾泰侯爵或許是三侯爵之內反應最快的人物吧。

薩爾泰侯爵的叫聲像是一個信號，不僅喚醒了眾人的意識，也喚醒了他們的惶恐。

「等、等等，我剛剛沒有看錯吧？剛才那個人應該是陛下沒錯吧？」

「是……不，應該不是……不對，那是陛下……可是，為什麼……？」

凱梅列克侯爵與龐古侯爵也變得跟薩爾泰侯爵一樣，用扭曲的臉孔向身邊的同伴尋求解釋。

空航士們也是如此，他們用恐懼的眼神轉頭看著三位侯爵，希望能夠得到一個令人安心的說明。

指揮室裡面的氣氛糟糕至極，每個人都被捲入迷惑與恐懼的漩渦裡面。

剛才的戰鬥，他們看得很清楚。

庫布里克公爵在失去一隻手臂的情況下悍然反擊，漆黑騎士反而陷入了單方面挨打的情況。最後漆黑騎士的頭盔被打破，露出了真面目，眾人這才發現原來漆黑騎士就是莎碧娜。

還沒等到眾人從驚愕的情緒中回復過來，莎碧娜就開始發起反攻。庫布里克公爵不但無法阻止莎碧娜的突擊，甚至連脖子都被對方掐住了。那個畫面就跟當初老公爵制伏札庫雷爾的情形一模一樣，讓人有種莎碧娜是刻意為之，想替臣子出氣的味道。

至此，勝負可謂底定了。畢竟魔法師不是獸人，在這種情況下，想要逆轉局面根本是不可能的事。然而眾人怎麼也沒想到，莎碧娜竟然轉眼間就被轟飛，整個人掉進戰列艦裡面。

戰況的轉折實在來得太過頻繁與迅速，讓人難以做出反應。等到眾人回過神時，已經是庫布里克公爵獨自佇立於戰場上，彷彿勝利者等待著接受讚揚般的景象了。

「陛下為什麼要穿『黑之獸』？她不是有『銀霧祭禮』嗎？」

「我怎麼會知道！說起來，陛下用的戰術也很奇怪，跟過去完全不一樣！」

「這……難道陛下真的是假貨……？」

「你是白痴嗎？長得跟陛下一模一樣，還能跟王級魔法師打得不相上下的假貨？你找一個出來給我看看！」

「那些等一下再說！重點是，陛下到現在還沒出來！她傷得那麼重嗎？」

「不對，庫布里克公爵傷得更重吧？他連右手都沒了！」

「可是他看起來一點影響也沒有啊！」

「一、一定是在硬撐！沒錯！他是在演戲！其實他已經快不行了！沒錯，一定是這樣！只要趁現在進攻，勝利就是我們的！」

「誰要上？你嗎？」

叫嚷著要進攻的龐古侯爵語塞了。

雖然庫布里克公爵看起來確實傷得很重，但沒有證據顯示他是在硬撐。事實上，他剛才甚至擊退同為王爵級的對手。在這種情況下，有誰敢真的用身體去測試老公爵的極限？不是人人都有札庫雷爾那樣的忠誠與勇猛。

在這個魔力至上的世界，魔法師的統治地位是無可動搖的，只要活著，幾乎可以保證能夠一直過著安逸的生活。因此對這些坐擁巨大權力的高階貴族來說，明哲保身才是第一要務。

「……那，士兵呢？」

凱梅列克侯爵低聲問道。他的意思是，用軍隊去試探庫布里克公爵的底細，也就是把士兵當成棄子。另外兩名侯爵先是互相對視，然後點了點頭。

「……有道理，可以試試看。」

「沒錯。還請凱梅列克侯爵您下令一試。」

「等、等等！為什麼是我下令？」

「這還用問？因為是您的點子啊。」

「我……對、對了，論位階，還不到我發號施令！應該讓札庫雷爾公爵出面才對！沒錯，讓他出面才是正確的！」

「唔，您說得對。」

「那就請您提醒一下公爵大人吧。」

「為什麼又是我！」

「因為是您提的點子啊。」

「胡說！我才沒有提過什麼點子！我什麼都沒說，你們這是在栽贓！」

凱梅列克侯爵一臉激動地否認了自己說過的話。這是因為他突然想到，要是庫布里克公爵成為最後的勝利者，那麼提案攻擊他的自己勢必會遭到清算。另外兩位侯爵也是想到這一點，才會非要讓他人代為行動不可。

三位侯爵就這樣開始進行低俗的爭辯，努力想要將責任推給他人。前一分鐘還以同僚互稱的他們，如今已經在為日後的前途而彼此算計。

「——等一下，你們快看！」

凱梅列克侯爵突然指向玻璃窗。另外兩人聞言轉過頭去，發現他指的正是銀星號。有一個人正站在銀星號的艦橋甲板上面。

雖然相隔甚遠，但還是能夠看出對方身穿魔操兵裝，手中提著一把銀亮長劍。那套魔操兵裝的外形應是「黑之獸」無疑，由此看來，此人正是之前被轟入艦裡的莎碧娜沒錯。

「原來是去更換裝備……」

薩爾泰侯爵的聲音聽起來像是鬆了一口氣。

的確，如果是換上新的魔操兵裝，花點時間也是正常的。不僅薩爾泰侯爵，幾乎其他人也是這麼認為。

只是，他們心中仍存有一個疑點，那就是莎碧娜為何不使用她的專屬魔操兵裝「銀霧祭禮」呢？莫非莎碧娜另有考量？

「來了！」

這時，龐古侯爵發出尖叫。

第二回合開始了。

莫浩然站在艦橋甲板上，任憑強風拍打身體。

話雖如此，他卻感受不到絲毫風壓，也感覺不到冷熱與重量。被魔操兵裝包覆的身體彷彿處於不同的世界，外界的種種變化根本影響不了自己。他活動了一下手腳，感覺有些不太習慣。

「感覺如何？魔操兵裝會大幅提升持有者的實力，包括體力與五感，所以初次穿上的人很難適應。」

頭上的傑諾出聲問道。

「是嗎？沒感覺啊？」

莫浩然揮了兩下禍式劍，不覺得力氣有變大，或是速度有變快。

「……看來是因為你的特異體質，所以魔力無法強化你的身體。」

「還有這樣的！」

「好了，我們已經浪費了十五秒，已經沒時間讓你抱怨了。」

「知道啦。」

莫浩然深吸一口氣，接著雙腳用力一蹬。

「嗚哦哦哦哦哦哦哦哦——？」

然後他發出了慘叫。

太快了！

風景以驚人的速度掠過視野，莫浩然覺得自己彷彿變成了宇宙火箭，正在進行一場以突破大氣層為目標的華麗奔馳。

當然，這只是他的錯覺。

魔操兵裝會對穿戴者的魔法進行增幅，雖然傑諾提醒過莫浩然，但知道是一回事，實際操作起來又是另一回事。由於身體與意識還沒有習慣，莫浩然對魔力的操控很快就出了問題。原本計畫好的直線飛行，因為魔力分配的誤差而變成了奇怪的螺旋軌道。幸好這裡是沒有任何障礙物的高空，如果是在城市裡面的話，恐怕會引發大災難。

幸運的是，庫布里克公爵恰好也在這時發動了攻擊。莫浩然那亂七八糟、難以捉摸的飛行路線，使得青色閃焰打空了——而且不只一次。

敵我雙方全都訝異得說不出話來。

號稱絕對無法閃避的超高速打擊，竟然沒有擊中目標？先前漆黑騎士不是一直被閃焰之型打得無法還手嗎？現在竟然躲過了！

接下來發生的事情，讓眾人更加驚訝。

在空中不斷描繪出奇妙軌跡的漆黑騎士，開始發起了反攻。

一反先前的近身打法，這次漆黑騎士終於使出了遠距離攻擊魔法。下一秒鐘，數量多到無法計算的巨大光箭劃破天空。

「是暴雨之型！」

「快躲！」

「緊急迴避！緊急迴避——！」

敵我雙方的船艦指揮室全都發出了類似的慘叫。

原因很簡單，因為這些光箭並非朝著同一個方向發射，而是朝四面八方到處擴散。換句話說，兩軍艦隊全被納入暴雨之型的攻擊範圍裡面了。

由於傑諾的全力支援，莫浩然的魔力領域提升到接近王爵級的程度。雖然有一大半與庫布里克公爵的魔力領域互相中和，但光是剩下的部分，就足以讓他發出威力巨大的攻擊。好幾艘船艦被擊中，拖著黑色的尾煙墜落地面。

莫浩然當然不是故意的，而是因為他在飛行途中失去了方向感，加上操魔技術的不熟練，才會搞出這種敵我雙方一起攻擊的大笑話。

但對巴魯希特而言，這個笑話絕對不好笑。

這是因為，他所搭乘的戰列艦也遭到了莫浩然的攻擊。

「保護我！」

巴魯希特尖聲大叫。他身後的庫布里克伯爵立刻以身為盾，挺身擋在巴魯希特面前，同時發動了壁壘之型。

戰列艦的魔力護壁先一步攔下了光箭。在光箭的轟炸下，魔力護壁彷彿被人扔了石子的池塘般出現一連串波紋。

「混蛋！那個傀儡想幹嘛！」

巴魯希特低聲怒罵，將擋住自己視線的庫布里克伯爵一把推開。

然後，他看到了令人頭皮發麻的一幕。

庫布里克公爵正朝著他這個方向衝過來，而漆黑騎士不知做了什麼，竟然成功將雙方的距離拉到了二十公尺之內。遠遠望去，庫布里克公爵就像是被對方追著跑一樣。

沒錯——庫布里克公爵一開始的窘狀，如今竟然再次重演了。

「這怎麼可能……！」

巴魯希特發出難以置信的呻吟。

自己視線被擋住的那幾秒內究竟發生什麼事？庫布里克公爵怎麼可能會讓對方近身？那個傀儡究竟做了什麼？接二連三的疑問塞滿了他的腦袋。

事實上，這完全是巧合。

庫布里克公爵確實是一位戰鬥經驗豐富的高手，他跟那些腐朽的高階貴族不一樣，經常親赴戰場，直到他卸下庫布里克家家主的位子之前，仍然不時可以見到他在領地裡面四處討伐怪物的身影，是一位真正的沙場老將。

但是面對莫浩然，庫布里克公爵的經驗反而造成了妨礙。

魔法師在進行空戰時，經常會用到一種名叫無序飛行的技術。顧名思義，那是一種故意進行不規則移動，使敵人無法摸清自己的飛行路線的技術。如此一來，敵人就很難用魔法狙擊自己。

這種技術的重點在於「不規則移動」，但人類不可能真的完全做到這一點。即使是身經百戰的老將，戰鬥時也難免會有一些小習慣，例如比起向左更喜歡向右轉、俯衝之前會先停頓一下、回旋時會固定轉三圈等等。

唯有經驗豐富的戰士，能夠在最短時間內看穿這些習慣，進而找出致勝之機。先前的零就是因為被看穿了動作，所以遲遲無法逃離閃焰的狙擊。

但是，庫布里克公爵找不到莫浩然的習慣。

這也是當然的，因為莫浩然根本無法準確地控制自己的行動。他就像是正在駕駛一輛馬力過強的賽車，每一個動作到最後都會失控。但是傑諾又一直警告他不能隨便踩剎車，否則絕對會變成老公爵的活靶，因此他只好繼續踩緊油門，在空中四處狂飆猛衝。

理論上，莫浩然早就應該失去了方向感，飛到不知哪裡的天涯海角才對。

然而，他有傑諾。

多虧了頭上的作弊器，莫浩然得以不斷修正自己的飛行路線，一點一點地接近目標。旅途中勤練移動型魔法的努力，也在這時發揮出百分之兩百的成果。

後來的暴雨之型更是神來一筆。

傑諾的本意只是想要牽制一下庫布里克公爵而已，沒想到莫浩然的操魔技術爛到不行，搞出了一個全方位射擊。但也因為如此，迫使巴魯希特喊出了「保護我」這句話。

庫布里克公爵收到命令，立刻調頭趕了回去。傑諾自然不會放過這個機會，立刻讓莫浩然加速跟上，於是才會出現如今這一幕。

巴魯希特不明白庫布里克公爵為何會被敵人近身，但很快他就發現老公爵只是一個勁兒朝自己這邊飛來，於是他察覺到自己剛才究竟犯下何種錯誤。

「蠢材！不要過來！回頭幹掉那個傢伙！」

巴魯希特急忙大吼。

庫布里克公爵聞言立刻回頭，同時發動閃焰之型。

庫布里克公爵並非只是一味地趕往巴魯希特身邊，而是一邊積蓄魔力一邊飛行，所以才能在轉身的瞬間甩出閃焰。

這一擊的時機簡直只能用絕妙來形容，在這樣的距離下，漆黑騎士絕對逃不過閃焰的超音速打擊。在第三者眼中，老公爵就像是設下陷阱，等著漆黑騎士跳下來一樣。

——但是這個陷阱卻被粉碎了！

青色的焰光被銀白的劍光貫穿，化為四處飛濺的火星。

「什麼！」

巴魯希特忍不住叫了出來。

從開戰至今一直無人能克制的閃焰，竟然被漆黑騎士擊潰了。

（那把劍是——？）

之前因為距離過遠，所以巴魯希特沒有注意到漆黑騎士的武器。現在仔細一看，他才發現那把劍的詭異之處。

狀似水晶，閃耀著白光的美麗長劍。

劍身上面不時噴出能源弧光，引發有如星屑炸裂般的視覺效果。

在不知情的人看來，這是一把令人讚嘆的優秀武器，但知識淵博的巴魯希特一眼就認出那是什麼東西——一個封印了不穩定性變異元質粒子，卻封印得不夠完整的封魔水晶。

巴魯希特看穿了對方武器的真面目。

但，來不及了。

正面突破閃焰的莫浩然衝到庫布里克公爵面前。只見他高舉武器，閃耀著銀白色光芒的長劍宛如落雷，一劍斬中對手左肩，直到胸口才停下。

禍式劍沒有劍刃，比起斬擊，它的攻擊性質更接近毆打，然而從劍身內部不斷湧出的魔力卻擁有強大的破壞力，一旦被擊中，就算是鋼鐵也會被魔力碾碎，更別說是人類的肉體了。

劍刃擊碎了肩骨、肋骨與脊椎，破壞了肺臟與心臟。無論怎麼看，這都是致死的一擊。

然而，已經算是死人的庫布里克公爵不可能再死一次。

庫布里克公爵的雙眼與口鼻流出了大量的紅黑色血液，但是左手卻緊緊反扣著莫浩然的右腕，那副模樣令人感到說不出的恐懼。

「——真沒想到。」

庫布里克公爵的喉部發出了聲音。那道聲音聽起來充滿活力，一點也不像是重傷之人能發出來的。

「禍式劍、黑之獸……區區傀儡，竟然能夠同時使用兩種魔操兵裝？傑諾那傢伙到底留下了什麼東西？還是說，這是莎碧娜搞出來的？那個女人已經開發出超越魔王的魔導技術嗎？她有這個能耐？」

眼見庫布里克公爵竟然還能開口說話，莫浩然連忙抽劍，想要給他再來一擊。他從地球上的諸多娛樂作品中領悟到一個心得，那就是沒事不要聽反派臨死前的廢話，因為絕對不會有好事。

然而庫布里克公爵的手勁大得驚人，不論莫浩然如何使力，都無法將劍抽出來。就在莫浩然深感焦急之時，他的嘴巴突然自己動了起來。

「沒想到你真的還活著，夏卡．巴魯希特。」

那不是莫浩然的聲音。

「……傑諾．拉維特？」

巴魯希特的聲音異常震驚，那樣的聲音配上庫布里克公爵的死板臉孔，看起來無比詭異。

「你——怎麼可能？你不是被銀霧魔女封印了嗎！」

「這就不關你的事了。早該退場的過氣演員，就別繼續站在舞臺上獻醜，那只會讓觀眾覺得不愉快而已。」

「你——！」

這種令人火大的說話方式，不僅令巴魯希特怒火中燒，同時也讓他更加確信此人必定是傑諾無疑。

（但是，這怎麼可能？）

與怒火一同升起的，是濃濃的疑惑。

根據他從各種管道收集到的情報，傑諾的確是被莎碧娜封印於虛空才對。那可是魔王的技術，除非身為封印者的莎碧娜出手，否則外人根本無法破解。可是，眼前這個人確實是傑諾沒錯。

巴魯希特腦中瞬間閃過了數種可能性，但沒有一個可以合理解釋眼前的情況。

「說真的，我沒想到你竟然能夠重現偽命術。要是你早幾年完成這個技術，死的人就換成我跟莎碧娜了。請容我為你的怠惰致上最深的謝意。」

傑諾繼續譏諷對方，他的語氣輕描淡寫，聽起來反而令人更加生氣。就連身為旁觀者的莫浩然，也覺得這傢伙講話有夠欠揍的。

「閉嘴！你不是被銀霧魔女封印了嗎？你是怎麼逃出來的！」

「我為什麼要告訴你？」

怨恨。

「你——」

「欸，你放心，這次一定會確實解決你，不會讓你再有機會爬回舞臺。我可不希望從亡者之檻回來後，還要見到你那張蠢臉。」

「……你、以、為、你、贏、了？」

巴魯希特咬牙切齒地說道。他的聲音彷彿快要嘔血一樣，充滿了難以言喻的憤怒與怨恨。

就在這時，庫布里克公爵突然開始顫抖，聚集在他四周的魔力也變得異常混亂。

「——不對！快逃！他要自爆！」

傑諾大叫。莫浩然頓時嚇一大跳，並且取回了說話的自主權。

「我靠！太老套了吧？」

莫浩然立刻急速倒飛，然而由於手腕被捉住的關係，庫布里克公爵也跟著他一起倒飛。莫浩然想甩掉對方的手，可是庫布里克公爵的力量實在太過異常，根本無法掙脫。

「媽的！放開！給我放開！」

莫浩然舉起唯一能夠自由活動的左拳，使盡全力砸向庫布里克公爵的鼻梁。老公爵的頭被這一拳打得向後仰，但他的手卻一點也沒有放鬆。

「放手啊啊啊啊啊——！」

下一瞬間，莫浩然的視野被巨量的光與熱染成了純白。

終末日 02
魔女甦醒

她夢到了以前的事。

話雖如此，出現的也不過是三年前的種種過往罷了。

但對她來說，這三年來的記憶有著非比尋常的重量。因為自誕生開始算起，她的實際年齡只有三歲，換言之，這三年就是她至今為止所累積的人生。

她雖然只有三歲，但並不像嬰兒一樣，對這個世界懵懂無知。

即使並不完全，但她擁有來自「原型」的記憶與知識。對於日常生活，甚至是等級更高的宮廷生活，都能夠應付自如。

她的「原型」——也可以稱為主人——名叫莎碧娜．艾默哈坦，是一位令人敬畏的美麗女子。雖然擁有相同的容貌，但她覺得自己完全比不上主人，差距大得就像太陽與蠟燭。

由於肩負著女王之名，莎碧娜平時不假辭色，經常散發出一股令人難以親近的威嚴感。但她知道，主人是一個非常溫柔的人，因為即使是對著最初就以死為目的而製造出來的自己，主人也會親切對待。

將下午茶的點心偷偷分給自己、在沒人看到的時候幫自己整理頭髮、私底下互換彼此的衣服穿著玩……那些事情在旁人看起來似乎無聊又瑣碎，卻是她最為珍惜的寶物。

她是為了死亡而誕生的。

說難聽一點，就是消耗品。

即使如此，莎碧娜仍然給予她原本就不需要給予的溫暖。

對於自己擁有如此慈悲的主人一事，她打從心底感到欣喜。莎碧娜不僅是她的創造者，更是她在這世上唯一的親人。她將莎碧娜視為母親般的存在，因此稱呼莎碧娜時，都會直呼其名——在傑洛，只有家人才會使用名字稱呼彼此，外人直呼其名則是失禮之舉。

只要莎碧娜一句話，她會毫不猶豫地拔劍自刎。

對她而言，莎碧娜的存在就是如此重要。

因此——當莎碧娜死亡的消息傳來時，她完全不知道該怎麼辦才好。

驚慌、焦慮、煩躁……種種陌生的情緒在心中不斷的蔓延，她好想立刻回到主人身邊，聆聽她的聲音。

可是，不行。

莎碧娜給過她命令——跟在桃樂絲身邊，監視此人的行動。

她不能放棄這個任務，除非莎碧娜親自開口。外界的種種流言雖然令她心焦，但那畢竟只是流言，怎麼樣也比不上主人親口對自己所下的命令。

然而，還是會不安。

莎碧娜的命令視為最優先，這點無庸置疑。但，莎碧娜的安危應該也具有同等……不，甚至是更重的分量，不是嗎？如果主人真的出事了，那自己的任務又有何意義？或許她應該放棄任務，尋找主人才對。

但，若是主人沒事的話呢？如此一來，就算主人再溫柔，也必然會重重斥責放棄任務的自己。

不，如果只是責備還好。

如果主人因此對自己失望，甚至捨棄自己的話……？一想到這裡，她覺得體內的魔力爐幾乎快要停止運轉。

執行任務？還是放棄任務？

她很迷惘。

她找不到答案。

不，應該說，她以前一直過著不需要自己找答案的生活。

自從誕生以來，她總是跟在莎碧娜身邊。她的主人會準備好一切問題的答案，她只要聽令行事即可。她是主人的劍，而一把劍不會、也不需要自作主張。因此面對是否該放棄任務這樣的大事，她不知該如何是好。

最後，這個問題被她的監視對象，也就是桃樂絲解決了。

桃樂絲是一位奇怪的少女。

明明長相算得上可愛，動作卻很粗魯，言行舉止充滿了男孩子氣；發育不良，胸部平坦到令人絕望的程度，不過本人似乎不怎麼在意，反而時常對自己肌肉不夠這點發牢騷；老是自言自語，有喜歡拉自己頭髮的怪癖。

不過，是個好人。

她看得出來，桃樂絲不喜歡她的監視，並且試圖逃跑好幾次，只是最後都失敗了。

對桃樂絲來說，她應該是令人厭惡的存在。然而，桃樂絲卻會特地為她準備甜食，甚至為了救她而奔走。

她認為桃樂絲與主人之間的關係應該也不好，否則桃樂絲不會被關在監獄裡面。然而，桃樂絲卻接受了亞爾卡斯等人的提案，願意讓她假扮主人，爭取寶貴的搜索時間。

老實說，她無法理解桃樂絲在想什麼。

但是，應該可以信賴。

至少，桃樂絲與主人不像是那種你死我活的關係……大概沒錯。

她覺得可以把那件事告訴桃樂絲。

她的主人——莎碧娜．艾默哈坦——還好好的活著，只是被囚禁了而已。

虛無世界……

雖然不知道那是哪裡，但是她覺得桃樂絲應該會幫她找出那個地方。

※◆※◆※◆※

「唔……」

伴隨著呻吟，莫浩然的意識從黑暗的深淵底部慢慢浮起。

他覺得自己又悶又熱，彷彿置身火爐裡一樣。汗水從身體的毛孔裡不停噴出，汗溼的衣服緊緊貼著皮膚，感覺非常不舒服。但就算流了那麼多汗，身體還是無法冷卻，四周的熱度有如纏人的藤蔓，緊緊攀附著他。不僅如此，他還覺得自己像是被什麼東西壓住一樣，身體異常沉重，胸口也很悶。

「唔……」

莫浩然再次發出呻吟。他有自覺，這次的聲音比先前的稍微大聲了一點。意識逐漸變得清晰，令人不快的悶熱感也越來越強烈。

於是他想起來了——那股可怕的光與熱。

他想起自己正在跟庫布里克公爵戰鬥。雖然打得很辛苦，但總算快要贏了，偏偏那個王八蛋突然玩自爆，還因為距離太近，他根本來不及躲，就這樣被捲進爆炸之中。這就像在外面跟人玩格鬥電玩，對方在快要輸掉的時候突然拔掉主機插頭一樣，實在是沒品到了極點。

（等等……所以我是……受傷了嗎？）

莫浩然腦中立刻跳出數個名詞：病患、治療、重度燒燙傷。地球的新聞在報導爆炸或火災事件時，為了爭取收視率老是拚命拍攝傷患，因此莫浩然很清楚這種傷勢有多麼嚴重與麻煩。難道此時的身體不適，就是燒燙傷所帶來的影響嗎？

莫浩然想要伸手摸一摸自己的臉，卻發現身體異常沉重，手臂完全抬不起來。

（怎麼會……？）

難道自己真的傷得這麼重？莫浩然心中湧起濃濃的不安。他的不安也表現在臉上，也就是表情扭曲、深深皺眉。

「她看起來好像很痛苦？」

突然，伊蒂絲的聲音竄入耳中。

「這表示我的方法有效。」

然後是紅榴的聲音。

「有效？妳確定？」

「當然。這是我們族裡自古流傳下來的治療法，絕對有效。我們那邊只要有人生病或受傷，都是這麼做的。」

「……蓋很多的厚被子就可以療傷？」

「當然不只這樣，還要吃很多肉，喝很多水，然後反覆持續好幾次，就會慢慢恢復了。只要用這個方法，就算手斷掉了也可以接回去哦。幸好這邊有很多被子，不需要熱水桶。」

「……獸人果然是一個莫名其妙的種族。我開始理解為什麼歐蘭茲大人不想理你們了。」

「為了讓小桃桃好得快一點，再多蓋一件吧。」

「給我住手！」

已經清醒過來的莫浩然大吼，同時用力掀開蓋在自己身上的被子——更正確的說法，應該是爬出來的。因為被子實在太多太重，他根本掀不動，只能勉強推出一點可以用來活動的空間，然後不斷扭動身體，像條毛毛蟲一樣爬了出來。

看到那堆有如小山一般的厚被子，莫浩然總算知道自己為什麼會那麼不舒服了，要是再躺久一點，他搞不好會因為熱衰竭而死。

「妳想殺了我嗎！」

「欸？小桃桃在說什麼啊？我聽不懂耶？」

「少來！那個表情擺明就是在裝傻！我跟妳有什麼仇嗎？竟然這樣害我！」

「沒那回事，小桃桃是我的救命恩人，我怎麼可能會對救命恩人做什麼壞事呢？就算那個救命恩人瞞過我，自己一個人跑出去打架，我也不會生氣的——嗯，沒錯，就是這樣。」

「我又不是故意的！而且妳也不會飛，帶妳去也沒用啊！」

「哼哼、哼哼哼，又來了嗎？魔法師的飛行無敵論？天真！太天真了！如果會飛就了不起，魔法師還需要跟我們打那麼久嗎？只要有足夠的石頭，那種糟老頭來幾個我扔死幾個！」

紅榴雙手扠腰，自信十足地說道。只不過在莫浩然聽來，這就像是原始人聲稱可以用石頭砸下飛機一樣，純粹當作笑話聽聽就好。

「而且我也沒有害你，這真的是我們族裡自古流傳下來的治療法，非常非常有效哦。」

「別以為正常人類都跟你們一樣，新陳代謝好得那麼離譜啦！」

「腥逞袋洩？那是什麼？」

「……總之獸人那一套不適合用在人類身上就對了。」

「是哦。」

紅榴一臉遺憾。那不是裝模作樣的演技，而是真的打從心底覺得遺憾的表情。她似乎覺得要是能將獸人療法在人類之中推廣開來，會是一件非常棒的事情。

「真可惜，那也幫小零零拿起來吧。」

「什麼？」

紅榴伸手指了指，莫浩然轉過頭去，然後看見另一座雄偉的棉被山丘，而零正埋在底下。莫浩然「哇靠」一聲，連忙衝過去把棉被搬開。

強化人造兵的身體構造似乎跟人類不太一樣，即使被大量棉被壓住，零看起來依舊沒什麼變化。雖然也有出汗，但是程度非常輕微，不像莫浩然一樣全身上下的衣服都溼掉了。

「話說這堆被子是哪來的？」

莫浩然一邊掀被子一邊問道，紅榴老實地回答了。

「大叔給的。我說我知道一種很有效的治療法，需要很多被子，他就叫人搬過來了。」

「札庫雷爾？對了，後來發生什麼事了？為什麼我和零會躺在這裡？那個死老頭呢？這場仗最後誰贏了？」

莫浩然焦急地追問，同時低頭檢查自己的身體。

沒有斷手缺腳，也沒有燒燙傷的痕跡，雖然感覺身體有些沉重，但不會覺得有哪裡疼痛。簡單的說，就是沒有受傷。

「當時很精采哦！全都被炸飛了！不管是大飛船還是小飛船，全都轟的一聲被吹跑！地板搖來搖去，大家都在尖叫！還有人哭哦！轟隆！砰磅！劈里啪啦！好刺激！」

紅榴手舞足蹈地說著，整個人看起來異常興奮。可惜的是，莫浩然完全聽不懂，於是他將目光轉到伊蒂絲身上。

伊蒂絲先是嘟囔了一句：「沒用的笨貓。」然後說明當時究竟發生了什麼事。

原來庫布里克公爵的自爆，其波及範圍極為巨大，敵我雙方幾乎全都被捲了進去。除了擁有魔力護壁的戰列艦，大部分的船艦都因為衝擊波而受損，必須緊急迫降，距離爆炸近一點的甚至直接失速墜落。

幸好我方有札庫雷爾在，他冷靜又沉穩地下達指示，迅速恢復了我方的指揮系統。反觀公爵軍一方，他們不僅失去領袖，身為後繼者的庫布里克伯爵竟然也坐著戰列艦趁亂逃跑，士氣降到谷底。

偏偏就在這時，亞爾卡斯軍也趕到了戰場。面對戰力完好無損的空騎軍團元帥，公爵軍再也提不起反抗的意志，最後全軍投降。札庫雷爾將指揮權轉交給亞爾卡斯之後，便進入靈魂安眠。

亞爾卡斯一邊收編公爵軍，一邊搜索莫浩然的下落。在紅榴的靈敏嗅覺幫助下，莫浩然很快就被找到，並秘密送回艦裡治療，如今已經是戰役結束的第二天了。

「雖然說是治療，但你們兩個看起來沒什麼傷。不過那隻笨貓說，雖然外表看起來沒事，但不能保證內臟和骨頭也沒有問題，堅持要用獸人療法。」

莫浩然轉頭瞪了紅榴一眼，獸人少女一邊吹口哨一邊把頭撇開。就在莫浩然準備抱怨時，他察覺身後有些動靜，回頭一看，原來是零，她從床上坐起來，兩眼直視著他。

「我知道莎碧娜大人的下落了。」

沒等莫浩然開口，零搶先說道。

※◆※◆※◆※

在雷莫曆一四〇六年升夏之月九日所爆發的雷莫內戰，後世的歷史學者稱其為「丹羅之戰」。這個名字沒有什麼特別的典故，純粹是因為戰場就位於丹羅城附近而已。

丹羅之戰自爆發到結束，總共只用了三個小時。這並非什麼特別的數字，在這個魔力至上的世界，魔法師的敗北就意味著戰爭的敗北。綜觀傑洛戰史，沒有任何一方能在領袖級魔法師的敗亡中扭轉局面，魔法師的地位就是如此關鍵。

戰爭結束了，士兵們可以全心沉浸於勝利的喜悅或失敗的苦澀之中，但對於指揮官來說，只是另一場麻煩的開始。

至少女王軍臨時指揮官英格蘭姆．亞爾卡斯是這麼認為的。

「麻煩死了……」

亞爾卡斯癱坐在椅子上，一邊仰頭看著天花板，一邊喃喃自語。他面前的桌子堆滿公文，地上到處都是揉成一團的廢紙。

「巴納修，我好想妳……」

亞爾卡斯輕聲呢喃著副官的名字。

俗話說得好，人只有在失去某種事物的時候，才會察覺到那件事物的價值，此時的亞爾卡斯非常能夠理解這句話。

奈優．巴納修——失去了這位頭腦優秀的才女後，亞爾卡斯重新體認到自己有多麼討厭與不擅長文書工作。

為了爭取時間，亞爾卡斯在中途撇下了大部分的船艦，只帶著自己的戰列艦趕赴戰場。大部分的非戰鬥人員也被留下，其中包括他的副官巴納修。

不知該說幸運還是不幸，等亞爾卡斯趕到時，女王軍已經大獲全勝，疲憊至極的札庫雷爾將指揮權交給他後，便一頭栽在床上不肯起來。原本以為會有一場激戰的亞爾卡斯只能帶著無奈的心情，迎接名為文書作業的戰爭。

收編投降的公爵軍、製訂與確認名冊、安撫與視察雙方軍隊、向首都報訊……就算排除掉優先順序較低的工作，要做的事情還是堆得像山一樣高。更何況還有亞爾奈那邊的問題——亞爾卡斯收到消息，原以為已經撤退的哈帝爾軍突然反撲，一下子就將城市攻陷了。

由於時間算得實在太準，亞爾卡斯不得不懷疑當初哈帝爾的敗退根本是在演戲。如果真是這樣，代表庫布里克公爵跟亞爾奈早有勾結。

（老公爵與亞爾奈……不可能啊，那個老頭會是這種人嗎？就算他再怎麼老糊塗，也該知道什麼事該做，什麼事不該做……難道他真以為自己當上國王，亞爾奈就會乖乖罷手言和？不可能的，亞爾奈只會順勢征服雷莫……不，現在想這個沒有用，情報太少了。總之得先打退哈帝爾軍，可是要怎麼做……！）

亞爾卡斯的思緒重新飄到了公文以外的地方，考慮起戰場上的問題。無論如何，他們總算解決了腹背受敵的危機，可以專心應對亞爾奈的侵略。

就在這時，他的辦公室門突然被人敲了兩下，接著傳來門外衛兵的聲音。

「稟報大人，札庫雷爾元帥求見！」

「請他進來。」

「是！」

五秒後，札庫雷爾那寬厚雄壯的身影便出現在門口。亞爾卡斯從椅子上站起來，誇張地張開雙臂迎接對方。

「歡迎！炎之英雄赫伯特．札庫雷爾大人！」

「……那是什麼？」

「是士兵私下送給你的外號哦。與王級魔法師戰鬥還能平安無事，如此勇氣與運氣確實令人敬佩，就算稱為英雄也不為過。」

不熟悉亞爾卡斯的人，恐怕會以為這番話是在譏諷對方。不過札庫雷爾知道亞爾卡斯沒有惡意。吟遊元帥若是真的有心嘲笑某人，言詞會更加尖酸刻薄，而且被諷刺的對象往往無法反擊。

「別開我玩笑了。要說英雄，應該是——啊，我可以坐下嗎？」

札庫雷爾先是指了指沙發，然後又用手指在自己耳邊轉了兩圈，亞爾卡斯立刻會意過來。

「啊，真是抱歉，請。」

札庫雷爾一在沙發上坐下，亞爾卡斯立刻啟動了魔導道具「天地無音」，這間房間的聲音立刻被隔絕開來。

「那麼，繼續剛才的話題吧。英雄的名號不應該送給我，而是那個女孩才對。」

「這個嘛，那場戰鬥的經過我大致聽說了……不過你真的沒有弄錯嗎？桃樂絲真的擁有擊敗王爵級的實力？一個不到二十歲的少女？這也太……」

亞爾卡斯一臉無法接受的樣子。

札庫雷爾能夠體會他的心情，當他親眼目睹庫布里克公爵被擊敗的時候，心情同樣非常複雜，欣喜、興奮、驚訝、困惑、欽佩、嫉妒……種種情緒不斷翻騰，就像一鍋加了過量調味料的混濁濃湯。儘管知道桃樂絲可能很強，但他沒想到會強到這種地步。

「雖說是占了對手連續戰鬥之後的便宜，但王級魔法師的便宜也不是那麼好占的。就算是我，也不一定能擊敗當時的老公爵。對了，聽說他就算全身燒傷、斷了一隻手，還能繼續作戰？」

「是真的，而且非常勇猛。」

「他是怎麼做到的？簡直就跟獸人沒兩樣嘛！」

「不知道。庫布里克公爵已死，只能從他的領地找線索。」

「如果能找出這個秘密，我國的戰力將會大幅躍升……唉，不過那也是以後的事情了，眼前要處理的問題還很多。陛下的事、亞爾奈的事，無論如何都必須優先解決。」

「我正是為了這個來找你。」

「哦？」

「來這裡之前，我先去探望了她們。她們已經醒來了。」

「還真快，她們果然很優秀。」

有很多方法可以判斷一位魔法師的資質高低，其中一種就是靈魂安眠的恢復速度。

「不過這也跟她們沒有受傷有關吧。那位名叫零的少女可是有權杖級魔操兵裝喲，就連桃樂絲也穿上了『黑之獸』……嗯？仔細想想，她們選擇的全是注重防禦力的魔操兵裝，該說她們有先見之明嗎？」

亞爾卡斯佩服地點了點頭。換成是他，鐵定會因為庫布里克公爵的自爆而重傷，甚至與對方同歸於盡。畢竟他的「吟頌者」屬於機動力特化型，在防禦方面並不是特別優秀。

「桃樂絲說，她知道陛下的下落。」

「什麼！」

亞爾卡斯從椅子上站了起來。

「在哪裡？她怎麼會知道的？」

「好像是庫布里克公爵不小心洩漏出來的樣子。」

「太好了！那還等什麼？我們立刻去迎接陛下！只要陛下回歸，所有的問題都將迎刃而解！」

亞爾卡斯露出如釋重負的笑容，這恐怕是這一個月以來，他所聽到的最好的消息了。然而這股興奮之情並沒有持續太久，因為亞爾卡斯發現眼前的同僚眉頭深鎖，於是猜到恐怕事情沒有那麼單純。

「有什麼問題嗎？」

「……桃樂絲說，等她離開了才會說出來。」

「什麼？」

亞爾卡斯一下子意會不過來，於是反問一句。

「桃樂絲想要一艘浮揚舟，條件是陛下的下落。」

「這……」

亞爾卡斯啞口無言，他閉上雙眼，用力揉了揉自己的太陽穴。

「這是怎麼回事啊……」

「我就是為了問你這個才來的。我猜不透桃樂絲在想什麼，這方面你比我懂……畢竟桃樂絲也算是女孩子吧。」

札庫雷爾最後補了一句對他來說算是非常難得的笑話。他的意思是，不論是算計人心或揣摩異性，他都自認不及亞爾卡斯。

聽到陸戰軍團元帥的調侃，亞爾卡斯露出苦笑。

「你也太看得起我了，這是里希特擅長的領域，我不是那麼擅長……不過，還是可以想出幾個理由啦。」

「哦？」

札庫雷爾身體微微前傾，做出認真聆聽的模樣。亞爾卡斯仰頭想了一會兒，然後說出自己的想法。

「桃樂絲應該是不願跟陛下見面，所以才會想要離開。我不知道若是她們見面了會發生什麼事，但總之不會是大家坐下來一起喝茶，否則桃樂絲沒必要離開。所以可以推測，陛下與桃樂絲的關係其實比我們想像的還要緊張。」

札庫雷爾點頭。這種程度的事他也看得出來，他想知道的是更深層次的東西。

「札庫雷爾，之前你寄給我的密信裡面，提到桃樂絲很可能與傑諾．拉維特有關聯對吧？我想這或許就是理由之一。」

「啊……！」

札庫雷爾拍了一下額頭，為自己竟然忽略了這點而懊惱。

「第二個理由是，桃樂絲想要做某件事，而那件事很可能有時間限制，她不得不離開。」

「什麼事？」

「這個我就不知道了。不過當初我跟里希特說服她們的時候，她們有提到要去亡者之檻。」

亞爾卡斯說完聳了聳肩，表示他就只想得到這些。

「亡者之檻？亡者之檻？」

札庫雷爾反覆呢喃，他實在想不出那種荒涼貧瘠的地方有什麼好去的。

「札庫雷爾，你打算答應桃樂絲嗎？」

亞爾卡斯問道。札庫雷爾搖頭。

「我不知道，所以才來與你商量。不過我是傾向反對的。」

「我也是。局面好不容易有好轉的跡象，要是桃樂絲在這時離開，難保不會發生什麼意外……不，也不一定。如果零願意留下來，那麼桃樂絲就算離開也無所謂。」

「很遺憾，那位少女也要跟桃樂絲一起走。我已經努力勸說過了，但沒有用。」

「這樣啊，那就麻煩了。」

「你也去勸一下吧。你的口才比我好，對女孩子也比我有辦法。」

「……你到底把我當成什麼人了啊？」

亞爾卡斯大聲嘆氣，心想自己在同僚心目中的形象似乎有點問題，究竟是哪裡弄錯了呢？

「不可能的。如果桃樂絲真的是因為我舉出的這些理由而有去意，那她就絕對不可能留下來，除非我們用武力脅迫她。你想這麼做嗎，札庫雷爾？」

「……我覺得這是最糟的策略。」

「我也這麼覺得。跟一個有辦法打倒王級魔法師的人為敵，實在不是什麼明智的作法。就算要做，在執行面上也會有很多問題……哎，要是一個不小心弄出『雷莫雙壁叛變』之類的結果，那可就不好玩了。」

「……不會這麼糟吧？」

「誰知道呢？零雖是陛下的近侍，卻不知為何很聽桃樂絲的話。她如果零為了桃樂絲而對我們拔劍相向，你覺得士兵們見到這一幕會怎麼想？我們又要怎麼向大家解釋這一切？」

札庫雷爾的眉頭皺得更深了，顯然那個畫面他非常不願意見到。

「這麼說，我們只能答應她了？」

「雖然不想承認，但目前沒有更好的方法了——至少我想不到。」

說完，雷莫雙壁同時陷入沉默。

這陣沉默持續了大約一分鐘之久，兩人不但沒有說話，就連視線也沒有交集，各自沉浸於思索的世界裡。

最後，亞爾卡斯率先打破沉默。

「……這種無可奈何的感覺確實令人不痛快。不過眼前還有很多問題要處理，我建議我們還是把精力放在其他地方。無論如何，有兩件事是必定要做的。」

「兩件？不是三件嗎？迎回陛下，阻擋亞爾奈——還有追捕庫布里克伯爵。」

「比起前面兩個，庫布里克伯爵的威脅性小多了。雖然他開走了戰列艦，但是沒有補給，戰列艦遲早會變成廢鐵。」

「如果他襲擊城市取得補給呢？」

「有可能。但我不覺得有人會願意繼續跟隨他。」

「內亂嗎……」

札庫雷爾發出沉吟。的確，亞爾卡斯的猜測很有可能成真。據說那艘戰列艦上有許多高階貴族，在老公爵已死的情況下，庫布里克伯爵很難鎮壓得了他們，如果他是侯爵級魔法師的話或許還有一點機會。

「我瞭解了。這兩件事確實必須優先處理……而且我們的人手也只夠應付這兩件事了。」

「是的。最重要的事就是迎回陛下，但在陛下回歸之前，我們不能讓亞爾奈再更進一步了。至於庫布里克伯爵，只要用陛下的名義發布一級通緝令就夠了。嘖，早知道桃樂絲可以幹掉老公爵，我就不急著趕回來了。」

亞爾卡斯煩躁地搔了搔頭。由於他的撤退，雷莫的戰略局面變得非常被動，如今亞爾奈隨時可以大舉入侵。

「這不能怪你。桃樂絲是出乎所有人預料的變數，相信陛下回來之後，也不會怪你的。亞爾奈那邊就交給我吧。」

「……也好，免得有人說什麼『敗軍之將竟還有臉回來』之類的閒話。我就負責迎接陛下了。」

「那些說無聊閒話的人的舌頭，我會幫你拔掉的。」

雷莫雙壁相視一笑。

※◆※◆※◆※

莫浩然望著眼前的浮揚舟，心中充滿感慨。

他不合時宜地想起了以前玩過的電玩遊戲。在玩角色扮演類型的電玩遊戲時，主角一開始都是徒步行動，然後在故事中期取得馬車或騎乘動物之類的代步工具，至於飛行系的交通工具，必須到故事末期才能擁有。

（從這點來看，我跟電玩主角還真像……啊，不對，我一開始就有捷龍了。）

想到那頭被自己丟下、最後變成怪物食物的溫馴捷龍，莫浩然心中不禁升起淡淡的遺憾與歉疚。

「哦哦——這就是我們等一下要坐的飛船嗎？怎麼這麼小？這樣很難活動耶，我想坐大一點的。」

一道不識相的聲音破壞了莫浩然的追憶。敢堂堂正正地提出這種無禮要求的人，自然非紅榴莫屬。

「我也這麼覺得。我們可是要去拜見歐蘭茲大人的，坐這種窮酸小船實在太缺乏誠意了，不能直接把這艘大船開過去嗎？」

另一道聲音立刻附和。敢光明正大將崇拜魔王的言論掛在嘴邊的人，自然也非伊蒂絲莫屬。

「囉嗦，有船坐就很好啦！快上船！」

莫浩然轉頭罵道，覺得這兩個傢伙有夠不識好歹。她們以為要弄到這艘浮揚舟很容易嗎？

「嘖，大叔他們太小氣了。我們可是幫他們工作了快一個月耶。」

「沒辦法，到時要是歐蘭茲大人怪罪下來，我可不管哦。」

紅榴與伊蒂絲一邊嘟噥，一邊走進浮揚舟。莫浩然轉頭對身後的札庫雷爾致歉。

「不好意思，她們太沒禮貌了。」

「不會。其實該說抱歉的是我才對。妳們的功績，就算用戰列艦送妳們一程也嫌不夠。但按照目前的情況，盡量不要惹人注意才是上策，所以只能借妳們浮揚舟了。」

前來送行的札庫雷爾輕輕搖手，表示自己對先前的言論毫不在意。這種不拘小節的寬宏器量，正是他深受士兵愛戴的原因之一，有時候莫浩然甚至會覺得，眼前這位大叔實在好說話到不像是一國元帥。

接著札庫雷爾遲疑了一下，然後說道。

「其實這艘浮揚舟就算送妳們也無妨，可惜妳們沒有人會駕駛。」

「咦？可以嗎？」

「用失蹤的名義申請廢棄就行了，因為庫布里克公爵最後的自爆，確實讓我們損失不少東西。」

札庫雷爾眨了眨眼。莫浩然露出微笑，對於陸戰軍團元帥濫用職權的行為表示感謝。

「所以說，要不要學習駕駛空中船艦，順便拿個空航士資格？一般說來大概要兩年左右，憑妳的聰明才智，我想只要一年、不，或許半年就夠了。」

「……不用了，謝謝。」

莫浩然聽得出札庫雷爾是在變相挽留她們，於是婉言拒絕。雖然對於這個世界的航空教學有點興趣，但他還有更重要的事要做，何況還有紅榴與伊蒂絲在。

札庫雷爾一邊說著「這樣啊」，一邊遺憾地點頭，接著把一直放在腳邊的長匣交給莫浩然。

「這是？」

「算是賠禮。我們最後還是沒有找回妳的武器，那應該是很貴重的東西吧？或許抵不上那把劍的價值，不過現在我們也只拿得出這些。」

札庫雷爾讓長匣浮在空中，然後打開匣上的鎖。整個過程都沒有用到雙手，直接以魔力完成，如此嫻熟的操魔技術讓莫浩然非常羨慕。

匣內放著一把劍，以及四枚黑色圓筒。

「這是還在開發中的最新型魔導武器『艾克』，內藏三種魔法。雖然是試做品，但經過嚴密的測試，使用起來絕對安全。另外再加上閃烈魔彈，這些都是妳的。」

莫浩然的禍式劍在那一戰後就遺失了。札庫雷爾派人用偵察型魔法將戰場附近的地面翻了一遍，還是找不到那把漂亮的水晶劍，於是決定用這些東西作為補償。

「……這樣啊，謝謝了。」

莫浩然欲言又止，然後收下長匣。札庫雷爾以為是這些東西的價值比不上禍式劍，莫浩然才會出現這種反應，於是說道。

「放心，我會派人繼續搜索的。」

「呃？啊，不用了啦，找不到就算了。」

「不，妳是打贏這一仗的大功臣，不能讓妳吃虧。」

「真的不用啦，這場仗我是自己想打才去打的，就算因此掉了什麼東西，也應該是我自己承擔。」

「話是這麼說沒錯，但站在我們的立場，絕不能如此輕慢有功之人。」

「……隨便你啦，不過真的不用勉強。」

眼見對方如此堅持，莫浩然只好舉手投降。

其實札庫雷爾之所以會這麼做，除了講求公正的個性使然，也有一部分的原因是為了向莫浩然示好，畢竟沒有人會蠢到去得罪一個能打敗王級魔法師的傢伙。

其實莫浩然很想對札庫雷爾說出真相——禍式劍已經毀了。

王級魔法師的自爆，其威力何等強大？如果是零的「漆黑騎士」還有可能，但莫浩然當時穿的魔操兵裝可是次一等的「黑之獸」，怎麼可能承受得了庫布里克公爵的自爆？

這個問題的答案，就是禍式劍。

傑諾及時將禍式劍打碎，用裡面的不穩定性變異元質粒子做出屏障，擋住了老公爵自爆所引發的衝擊波與超高溫。

不過要是說出實情，札庫雷爾恐怕又要送一堆賠禮給他了。

得到浮揚舟之後，莫浩然回歸地球的日子也正式進入倒數計時的階段。反正回去時他什麼也帶不走，給他再多寶物也只是浪費。

莫浩然把一個盒子交給札庫雷爾。

「這是事先說好的東西。」

盒子裡面裝的東西是信，一共有兩封。第一封是傑諾根據零的口述，推測出莎碧娜可能被囚禁的地點。第二封是解開虛空封印，釋放莎碧娜的方法。

札庫雷爾收下盒子，然後將它緊緊夾在脅下。他沒有當場打開確認，是因為他相信莫浩然不會在這上面動手腳。

「最後，感謝妳這段期間以來的幫助。」

札庫雷爾向莫浩然行了一個貴族式的禮節。莫浩然也回了一禮，由於這陣子在黑曜宮工作的關係，他的動作完美無瑕。

札庫雷爾轉頭，看著站在莫浩然旁邊的零。此時的零已經脫下華服，換回以前的軍官裝束，並戴回那張鬼面具。

「也同樣謝謝妳。希望下次再見面時，是妳在陛下身邊的時候。」

札庫雷爾再次行禮，不過行的是軍禮。零遲疑了一下，然後也同樣回禮。

「祝各位一路順利。」

札庫雷爾說完後便轉身離開，動作乾脆，毫不拖泥帶水。

等到札庫雷爾離開機庫後，莫浩然轉頭看著零。

「……這樣好嗎？妳留下來也可以喲，我想莎碧娜不會怪妳的。」

零搖了搖頭，然後說道。

「我一個人留下來沒有意義。」

零很清楚，她知道自己之所以能夠完美地扮演莎碧娜，是因為莫浩然的協助，一旦莫浩然不在，她在政務處理上將破綻百出。

「我會遵照大人的指示，一直監視你的。」

「……隨便妳啦。」

莫浩然走進浮揚舟，零隨即跟上。

與戰列艦那種動輒容納十幾人的指揮室不同，浮揚舟的指揮室很小，只有兩個座位而已。由於莫浩然一行人不會駕駛空中船艦，因此札庫雷爾借了一個空航士給他們。

這名空航士名叫約克．多拉姆，鬢髮斑白，沉默寡言，是一名在執行任務時，什麼話都不會多說、什麼事都不會多問的老空航士。根據札庫雷爾的說法，這位老人不論是技術或人品都非常值得信賴。

「請開向亡者之檻，謝謝。」

莫浩然客氣地說道，習慣性地用上了在地球搭計程車時的說詞。

多拉姆轉頭看了莫浩然一眼，然後什麼也沒說地回過頭。只見他雙手彷彿跳舞一樣，在控制面板上進行了一連串令人眼花繚亂的複雜操作，過了不久，浮揚舟的制動機關發出低沉的轟鳴聲。同時，機庫的飛行大門也跟著緩緩打開。

「請坐好，並扣緊安全裝置。或是出去外面。」

多拉姆用下巴指了指空著的副駕駛座。莫浩然選擇出去，否則零恐怕會硬跟著進來，這個小地方可塞不下三個人。

數秒後，一艘外表不起眼的小小浮揚舟脫離了戰列艦，投向晴朗的天空。

※◆※◆※◆※

巨大的鋼鐵怪物在雲層之上高速飛行。

這個鋼鐵怪物長度超過四百公尺，寬度超過五十公尺，總重量超過十萬噸，以不穩定性變異元質粒子作為動力源，裝備了能夠抵擋七級怪物以下所有攻擊的魔力護壁，以及一擊就能摧毀小城的魔導主炮。它是魔導科技的結晶，也是軍事力量的最高象徵之一。

巴魯希特正在戰列艦的指揮席上閉目沉思，庫布里克伯爵有如忠實的衛兵一樣站在他身後。

指揮室裡安靜無聲。

十一名空航士沉默地進行駕駛作業，他們個個雙眼呆滯，頭上插著長針。室內飄浮著淡淡的血腥味，這是因為先前肅清那群垃圾領主與貴族時，他們悍然反抗，導致三名空航士被波及所致。雖然已經叫人清理了，但很難期待那些被秘術操控的士兵能把事情做得完美，牆角處甚至可以看見一小灘血跡。

如今這艘巨大的戰列艦，還保有自主呼吸能力的人不到五十個。除了操作船艦所需的最低人數以外，其他人全被庫布里克伯爵殺死，至於屍體則統統扔出船艦，現在大概已經進到怪物的肚子裡面了。

然而，這場屠殺並非為了洩憤。

庫布里克公爵的失敗確實令巴魯希特非常惱火，但也帶給他同等程度的驚喜，因為他終於得到傑諾·拉維特的線索了！

巴魯希特感到興奮不已，但他告訴自己務必保持冷靜。

這段期間的意外實在太多了，好不容易揪住仇敵的尾巴，巴魯希特不希望最後又冒出什麼意外，把對方放跑。他需要一個安靜的環境專心思考，好好整理一下目前為止所得到的各種線索，好對接下來的行動做出全面性的推演，所以他才會下令處理掉那堆聒噪的貴族與艦內士兵。

如今，巴魯希特得到了他渴望的安靜，他的思緒也變得清澈。

首先是那個酷似銀霧魔女的少女。

莎碧娜被困在虛空封印裡不可能出來，那個少女稱莎碧娜為「大人」，還有那異常強大的戰鬥力……種種跡象都表明，那名少女很可能是以莎碧娜為原型的強化人造兵。

強化人造兵是魔王的技術，當初分割魔王的力量時，這一部分的記憶被傑諾得到了，巴魯希特曾對此扼腕不已。這是因為強化人造兵不只可以成為優秀的戰力，更是解決魔王之力分割隱患的關鍵技術。

當年巴魯希特沒看到傑諾身邊有類似強化人造兵的存在，他一直以為是傑諾太過愚蠢，無法重現那個技術，沒想到莎碧娜將它實現了。

（很好，解決傑諾之後，就回來奪取這個國家，那個技術就是我的了。）

想到這裡，巴魯希特面具底下的嘴角不禁上揚，但他很快就抿住嘴唇，面具的力量能讓他迅速冷卻自己的情緒。

再來必須搞清楚的，是那道疑似傑諾的聲音。

巴魯希特覺得那應該是傑諾本人沒錯，那麼惹人厭。問題在於，為什麼以莎碧娜為原型的強化人造兵，竟然會發出傑諾的聲音？

無論怎麼想，答案都只有一個。

（好一個狠毒又聰明的女人吶，莎碧娜．艾默哈坦……不只封印了傑諾．拉維特，還剝奪了他的靈魂嗎？）

強化人造兵並非正常的生物，所以沒有靈魂。

然而正因為強化人造兵沒有靈魂，所以能夠反過來將靈魂植入其中。

在傑洛，魔力支配一切，魔法師則是以自身的靈魂驅動名為元質粒子的魔力之源。

移植靈魂，便意味著能夠移植某一個魔法師的魔法能力，並將戰鬥技術與經驗一併轉移。

（不過，真沒想到強化人造兵可以同時植入兩個人的靈魂碎片……也就是說，有可能植入更多人的靈魂，無限地提高戰鬥力嗎……不，再怎麼樣也不可能做到這種事吧……不對，現在不是研究這個的時候。）

巴魯希特發現自己的思考方向不知不覺走偏了，連忙矯正回來。

（既然莎碧娜切割了傑諾的靈魂，那麼傑諾一定沒死，否則靈魂就會全數流回另一邊，到時強化人造兵反而會被傑諾控制……對，沒錯，就像歐蘭茲一樣……被分割的魔王之魂……）

所謂的魔王之力，事實上就是歐蘭茲的靈魂。

歐蘭茲不知用了什麼樣的方法，使自己的靈魂能在沒有肉體保護的情況下留存於世。

巴魯希特與傑諾分割了魔王之魂，一旦其中一方死去，魔王之魂就會流到另一個人身上。巴魯希特之所以會知道傑諾沒死，只是被封印，正是因為一旦傑諾死亡，魔王之魂就會流入他的體內，聖地的烙印仍在，他依舊保有繼承魔王之魂的資格。

當年巴魯希特敗給傑諾時使用了秘法，讓自己真的「死了一次」。由於魔王之魂確實有流入到傑諾身上，因此傑諾沒有發現巴魯希特的詐死詭計。

（可恨吶……！）

一想到這裡，敗北的記憶又主動跳入腦中，重新勾起巴魯希特的怒火。

（要不是有那個限制，我就能完成偽命術，把一切掌握在手中了！）

使用不完全的魔王之魂，會削減自己的壽命。

當年，巴魯希特離開亡者之檻後，便發現自己每使用一次魔法，壽命就會被削去一分。那種感覺就像是身體深處有什麼東西被掏走一樣，不僅難受，還非常令人恐懼。

當然，為此困擾的不只巴魯希特一人，壽命的枷鎖也同樣限制了傑諾的行動，否則當年雷莫內戰的主角絕對不會是莎碧娜與阿瑪迪亞克，而是他們兩人了。

巴魯希特反覆地深呼吸，在面具的輔助下，沸騰的情緒逐漸冷卻下來，他的腦袋重新切回思考模式。

（不過，你終究還是被我找到破綻了，傑諾．拉維特。）

先前那場戰鬥，傑諾說溜了嘴，說出自己被囚禁在亡者之檻。

考量到當時的情況，巴魯希特不覺得傑諾是在說謊，畢竟局勢已經底定。如果不是庫布里克公爵自爆的話，他必定會被那個強化人造兵逮住。恐怕在傑諾眼中，當時的自己與死人無異吧？他沒有必要對死人說謊。

既然確定對方被囚禁在亡者之檻，事情就好辦了。

要使用虛空封印，需要複雜的事前準備。除了要繪製繁複巨大的紋陣，還需要用來啟動紋陣的能量源，想封印傑諾那種程度的魔法師，至少要準備城市等級的魔力爐——就像巴魯希特封印莎碧娜一樣。

亡者之檻是一塊無人之地，因此莎碧娜必定派人在那裡秘密建造了簡易的魔力爐與紋陣系統。這個工程可不小，物資與人員的調動不可能瞞得過所有人，必定會留下什麼線索才對。最可能留下痕跡的地方，莫過於距離亡者之檻最近的城市——席爾瑞思。

巴魯希特手中有戰列艦與庫布里克伯爵這兩個殺手鐧，只要計畫得當，一個晚上就能控制住席爾瑞思城的統治階層，找到他想要的東西。

（……唯一的問題，在於時間。）

巴魯希特知道他的後面必有追兵。

不只是與他有私仇的傑諾，雷莫雙壁也絕對不會放過他。他必須搶在追兵之前找到傑諾，將他殺死。只要自己能夠完全繼承魔王之魂，正式得到歐蘭茲（OREZ）這個名字的話，再多追兵他都不怕。

為了爭取時間，巴魯希特必須盡可能抹掉自己的行動痕跡，因此他決定不在任何城市進行補給。幸好船艦人員減少了九成，物資相對充沛。

巴魯希特就這樣在腦中仔細分析各種可能性，一步步確立接下來的計畫。就在這時，指揮室突然響起警報。

「怎麼回事？」

巴魯希特厲聲大吼。負責偵察工作的空航士用沒有起伏的平板聲音回答他。

「有物體高速接近本艦。」

「什麼東西？怪物嗎？」

城市之外是怪物的天下，就算是巨大無比的戰列艦，也偶爾會遇到前來挑釁的飛行怪物，這些怪物通常都會變成戰列艦炮擊班用來練習的活靶。

「不是怪物，體積很小。」

空航士否定了巴魯希特的猜測。

體積很小？巴魯希特暗暗皺眉。在距離地面一萬三千公尺的高空，有什麼小型生物膽敢接近戰列艦？

「打下來。」

巴魯希特下令。他不想耽誤時間，不管來的是什麼東西，轟掉就是了。

負責炮擊的空航士接到命令，毫不猶豫地按下副炮開關。

這艘戰列艦除了魔導主炮，還有能夠進行全方位射擊的十六門副炮。其中一門副炮噴出白熱的能源光束，準備摧毀目標。

但是被閃過了。

目標物輕鬆地閃過炮擊，繼續飛向戰列艦。巴魯希特下令繼續攻擊，這次動員了三門副炮，卻還是沒有擊中目標。

「派出白鷹騎兵——算了，你去。」

巴魯希特想起自己為了減少負擔，已經把艦上的白鷹部隊連人帶鳥全都殺光了，於是他轉而對身後的庫布里克伯爵下令。經過偽命術的強化，庫布里克伯爵有著媲美侯爵級的實力，無論是何種怪物都能輕鬆應付。

派出最強戰力後，巴魯希特重整心情，繼續思索。

十秒之後，空航士報告伯爵已經與不明物體接觸。

又過了五秒，空航士報告兩個反應物體只剩下一個，顯然伯爵已經將不明物體處理掉了。

二十秒之後，巴魯希特臉色鐵青地從椅子上站起來。

克拉倫斯．哈帝爾站在窗外，冷漠地看著指揮室裡的眾人。他的右手持劍，左手提著庫布里克伯爵的頭顱。

※◆※◆※◆※

……於是，他如願得到了力量。

為了履行約定，他曾一度失去力量，甚至連生命都差點捨棄掉了。

無論怎麼看，他做的已經夠多了，就算這時候放棄，也不會有人指責他。事實上，就連與他立下約定的對象也曾噙著眼淚說道：「可以了，你好好休息，以後的事就交給我。」

但是他沒有放棄。

即使躺在病床上養傷，腦袋也一直思考自己還能做些什麼。

這也是當然的吧。聽到心儀的女性對自己說出那樣的話，有哪個男人會真的乖乖聽從呢？說是逞強也好，說是愚蠢也好，總之他就是想繼續做點什麼。

於是，他聽見了呼喚。

跟隨那道呼喚，他如願得到了力量。

但，並非全部。

礙於某些理由，他與一位老人共同分享了這股力量。

雖然只有一半，但這股力量依舊強大得難以言喻。隨著對這股力量的熟悉，他終於了解過去那位魔法師為何會有那樣的想法與行動。

雖然了解，但他無法贊同。

可是，已經來不及了。

接受了這股力量的他，遲早有一天也會化為這股力量的傀儡。

魔王的力量不是那麼好利用的東西。

凡是生物皆有魂魄，生物一旦死亡，魂魄就會化為元質粒子，回歸世界。然而魔王即使肉體消亡，魂魄仍舊頑強地留在這個世上，由此可知魔王的力量之強。就算他只得到了其中一半，精神依然被日漸侵蝕。

再這樣下去，他遲早會變成魔王吧。

……不，事實上他已經算是半個魔王了。

他銘刻於世界的真名，早在得到那股力量的時候就變成歐蘭茲（OREZ）了。

如今他還能勉強抵抗，但要是另一半的魂魄也流了過來，他沒自信還能保持原來的自我。

於是，他下定決心——用這股力量完成昔日的約定，然後讓這股力量與自己一同被埋葬。

簡單的說，就是自我毀滅。

他的精神很正常，也沒有自暴自棄的心理傾向。之所以會做出這樣的決定，是因為只有這個方法可行。如果還有其他方法，他自然樂於去做，但這是唯一的解決之道。

這樣也好，他想。

一旦完成約定，他想做的事情基本上都做完了。

他只是一名流星貴族，歷代祖先與雙親都是凡人，因此注定無法讓自己的家族成為高高在上的特權階級。與其成為那種只能炫耀一時的無聊貴族，他寧願用生命去成就更有意義的事——例如將莎碧娜．艾默哈坦扶上王座。

這大概是他的人生裡最有價值的成就了吧。

「讓魔王跟著自己陪葬」這句話聽起來似乎很偉大，但那是不能公開示人的事情。

相較之下，「讓原本不被看好的少女當上國王」就顯得光榮多了，至少在一般人的價值觀裡，這是一種足以名留史書、值得後世傳頌的榮耀。
雖然也有「乾脆就這樣當上魔王吧」這種選項，但那不合他的性格。
……不對，要不是他遇見那名少女，或許他會選擇這條路。
他對這個由貴族支配的封閉體系不滿已久。
身為流星貴族的他，一隻腳踏著名為魔法師的臺階，另一隻腳懸於名為凡人的深洞之上。他同時看著兩個有如天壤之別的世界，對於這種統治體制是否真的應該繼續存在一事，感到非常懷疑。若是成為魔王，他就有矯正這種扭曲的力量。
更正確的說法是，魔王之力本來就是為了這種事而誕生的，他只是走在原本就存在的軌道上面而已。劍這種東西原本就是為了斬斫物體而被製造出來，兩者的理由是一樣的。
不過因為那名少女的關係，他覺得可以嘗試另一條路。
她有著堅定的意志與強大的力量，更擁有領導者所應有的人格魅力。最重要的是，她也跟他一樣，期望改變這個國家。
無論是身分或實力，那名少女都比自己更加優秀，既然如此，把願望託付給她也無妨，他是這樣想的。
下定決心以後，接下來就是執行層面的問題。
途中遇上不少阻礙，但他有足夠的力量與知識去克服。最後，終於連那個與他平分了魔王之魂的老人也被擊敗了。

該做的事只剩下一件。

他的功績太過耀眼。

身為一個應該消失的人，他太搶眼了。

如果他就這樣離開，尚未穩定的統治系統勢必會產生激烈的震盪。他可以想像得到，許多人會懷疑她暗中屠戮功臣。這份疑心不會隨著時間而消失，它會潛藏於人心深處，蔓延根莖，逐漸讓她與部下產生裂痕。這個汙點會大大妨礙她的統治。

這不合他的目的。

他必須不留後患的消失。

為此，他已經準備好一整套的計畫。

除此之外，他也將從魔王之魂那裡得到的技術抄了一份下來。知識本身是無罪的，有罪的是濫用知識的人。有了這些東西，這個國家營運起來想必會更加順利。

一切都準備好了。

他要成為叛逆的英雄。

緩緩地睜開雙眼，莫浩然醒了過來。

或許是因為已經習慣了黑曜宮的高級床鋪，浮揚舟的硬床睡起來不是那麼舒服，總覺得身體的肌肉一直在發出無聲的抗議。話雖如此，這一覺還是睡得很熟，他可以感覺得到，自己的頭腦因為充足的睡眠變得十分輕鬆。

莫浩然想為這一覺打上滿分——如果沒有那個夢的話。

「哈啊……」

莫浩然嘆了一口氣。

他總算察覺到了，那些從以前就斷斷續續出現、感覺零碎又雜亂的夢境，到底擁有什麼樣的意義。

因為之前進行了極限同調的關係，傑諾的記憶流入了莫浩然的夢裡。那種感覺並不怎麼有趣，如果要形容的話，就像是被迫看了一場漫長的電影，既無法退出，也無法快轉，更不能睡覺。總而言之，就是煩得要死。

雖然因此知道了很多東西，但這實在不是什麼愉快的經驗。

「怎麼了？感覺沒什麼精神。」

莫浩然耳邊響起了傑諾的聲音。

「啊啊，託你的福。雖然睡得很飽，可是反而覺得更累了。」

「我做了什麼嗎？」

「……你不知道嗎？」

「不，沒有印象。雖然我每天晚上都會用魔力沖刷你的腦袋，但應該不至於對睡眠造成妨礙才對。」

「什麼！你竟然趁我睡覺的時候做了這種事！」

「你別忘了，你現在的頭髮是我變成的。你就算洗頭，變乾淨的也只是我的精神波擬態而已，真正的頭髮與頭皮一點也沒清潔到。我可不想整天躺在你的汗水、油脂與頭皮屑上面。」

「唔……」

莫浩然不知該如何反駁。換成是他，也不想待在那種有如地獄的環境裡面，光想像就覺得噁心。但要是不在這時候說點什麼，總覺得自己好像輸了一樣，所以他硬是接下這個話題。

「……魔力也可以用來洗頭嗎？」

「理論上是可以做到的，但是不容易。要做到讓被洗頭的人沒有察覺，難度更是倍增。連我也開始佩服我自己了。」

「不會有什麼後遺症吧？例如禿頭之類的。」

「應該不會……就算會也無所謂吧，反正你快回去了，這具身體怎樣都沒差。」

「……也對。」

傑諾的這句話，讓莫浩然心中湧起許多感觸。有期待，有緊張，有喜悅——但更多的，是不知所措。

「……那個，要不要把實情告訴她們？」

所謂的她們，當然就是零、紅榴與伊蒂絲三人。

按照傑諾的說法，一旦莫浩然將他釋放出來，兩人之間的契約就正式完成。屆時莫浩然將會直接回歸地球，沒有任何可供逗留的時間。

眾人共同行動已經好一陣子了，彼此之間相處得也還不錯。她們跟著自己大老遠跑來亡者之檻，要是不打一聲招呼就突然消失，莫浩然總覺得過意不去。

「我覺得還是不要比較好。」

「為什麼？終點就在前面了，就算讓她們知道也沒差吧？難道她們還會妨礙我嗎？」

「千萬別大意。距離目標越近，就越要謹慎行事。這世上不缺少在終點之前慘跌的人。何況還有巴魯希特。」

「巴魯希特……」

聽到這個名字，莫浩然不禁皺眉。

夏卡．巴魯希特──與傑諾一起平分魔王魂魄的老人。

透過夢境，莫浩然知道了兩人的糾葛。他們之間完全不存在和解的可能性，其中一方必須倒下。

「我犯了一個大錯。當時不小心在他面前說溜嘴，洩漏了自己的位置。那傢伙手上有一艘戰列艦，足夠他做出很多事。」

傑諾的聲音聽起來有些懊惱。莫浩然可以體會他的心情，像這種以為「贏定了」而得意忘形，結果最後被對方翻盤的情況，他在打電玩的時候就經歷過很多次了。舉例來說，就是以為魔王只會三段變身，結果突然冒出第四段一樣。

「所以我們的動作必須加快，而且不能再添加任何多餘的變數。要是被巴魯希特搶先找到我的所在地，你跟我都會完蛋。」

「……就算這樣，跟她們說明一下應該也沒關係吧？只要不告訴她們關鍵情報就好了。」

「你打算怎麼說明？」

「這個嘛……我現在要去放某個人出來……不，改成我要去做某件事好了，然後等那件事一做完，我就會立刻回老家……」

莫浩然忍不住皺起眉毛，怎麼聽起來自己好像在立什麼奇怪的死旗一樣？

「如果強化人造兵跟獸人丫頭說要繼續跟著你的話呢？」

「就跟她們說不可能，沒辦法跟囉。」

「萬一她們不聽勸告，在最後關頭做出什麼事的話呢？先說好，『異界召喚』這個魔法我也是第一次使用，而且我的本體被困在虛空，沒辦法繪製紋陣作為支援，要是遭到外力干涉，我也不知道會發生什麼事。一旦出了意外，我恐怕沒辦法應對。」

「這麼重要的事你怎麼現在才說！」

「因為我沒料到你打算做一些多餘的事，給自己找麻煩。」

「多餘的事……？」

「說老實話，我覺得別告訴她們比較好。反正等你回去了，她們再生氣也拿你沒辦法。雖然到時候她們可能會遷怒到我身上，不過我應付得來。」

「……」

莫浩然深吸一口氣，努力壓抑從胸口深處湧上的怒火。

他從以前就一直覺得這傢伙的性格很差，但透過夢境觀察了這傢伙的過往生平與作風之後，他終於知道自己以前的理解有誤，寄宿在自己腦袋上的這傢伙，不是單純的個性彆扭而已。

「放心，到時解釋的部分就交給我。身為召喚者，這也算是必須承擔的風險，你就別再為一些無聊的事煩惱了，後面的事就交給我吧。」

「——開什麼玩笑啊你！」

理智的蓋子被噴飛，沸騰的情緒瞬間爆開。

「怎麼了？幹嘛突然大叫？」

「你問我幹嘛大叫？」

莫浩然覺得非常火大，這傢伙竟然到現在還不知道哪裡有問題？

「我只是忍著不說話而已，結果你就越說越過分了啊！多餘？無聊？必須承擔的風險？你他媽以為自己是誰啊！」

「……」

「什麼『後面的事就交給我』？告訴你！這不只是你的事情，更是我的事情！少在那邊自以為是了！」

與零她們一起行動的人是莫浩然，而不是傑諾。

說穿了，傑諾的立場更像是旁觀者，因此才能說出這種無情的話。雖然他的意見正確無比，但也只有正確而已，這世上的事情並非完全照著正理在走。

「你這傢伙總是喜歡擅自做決定，完全沒有考慮到別人的心情！得到魔王力量的時候是這樣，要離開的時候也是這樣，難怪最後會被人關起來！給我搞清楚一點，別以為每件事都一定會照著你的意見去走！」

在憤怒的驅使下，莫浩然沒有考慮得太多，只是把腦袋裡所能想到的東西全部吼了出來。

將想說的話統統傾倒完之後，房間裡只剩下莫浩然粗重的喘氣聲。

「你——」

就在傑諾準備開口說些什麼時，房間的門鈴突然響了起來。

浮揚舟的牆壁與門板全是金屬材質，房間的隔音性非常好，就算有人在外面敲門，房間裡面的人也聽不到，因此每個房間都有裝設門鈴。

莫浩然餘怒未消地打開房門，看到零正站在門口。

因為房間狹小又沒有窗戶，加上出入口只有房門，所以零並沒有待在莫浩然的房間進行監視——只是以前的她說不定真會這麼做。

零就住在隔壁的房間。雖然牆壁隔音性極佳，但恐怕她還是察覺了什麼動靜，才會過來按門鈴吧。

「妳來得剛好。我有事要跟妳——不，是跟妳們說。」

餘怒未消的莫浩然決定順勢對零等人說出實情。

頭上的傑諾什麼也沒說。

※◆※◆※◆※

滯留在空中的戰列艦就像是一團充滿絕望的金屬烏雲，讓撒謝爾城民眾的心裡蒙上一層厚重的陰影。

撒謝爾城擁有魔力護壁，而且還是等級僅次於首都巴爾汀的高級貨色。但此時戰列艦正在城市上空，停留的高度也經過精密計算，若是張開魔力護壁，將會連戰列艦也一起包覆進去，根本無法起到保護效果。換言之，一旦這艘戰列艦的指揮官有那個意思，隨時可以讓這座城市化為焦土。

城市的街道上幾乎看不到行人。市民們全都躲在家裡，透過窗戶與門縫望向天空，擔心天空的鋼鐵怪物會朝他們開炮。他們的憂慮並非沒有理由，畢竟這座城市的領主在不久前做出了近乎謀逆的舉動，如果女王軍打算用血與火將這座象徵叛軍巢穴的城市掃蕩一遍，也不是不可能的事情。

如果撒謝爾城的官員們可以聽到民眾的心聲，一定會嘲笑他們太看得起自己了。跟微不足道的凡人百姓比起來，他們這種統治階層才是最有可能被肅清的對象。他們很清楚，越是接近權力核心的人，越難保住性命。

城主府前的廣場上跪滿了人，數目超過七百，他們沒有一個是平民，全是流著高貴血統的魔法師。

撒謝爾城雖是公爵的直屬城市，但也不可能養得起這麼多魔法師，就算是首都巴爾汀也做不到。這些魔法師除了一小部分是本城的人以外，其他絕大多數都是周遭城市領主的家眷。當初庫布里克公爵除了要求其他城市的領主帶兵投效，還要求他們將家人也一起帶來，美其名是集中保護，實際上就是充當人質。

這些平時不可一世的貴族們，此時正滿臉惶恐地跪在地上，為自己與家人的未來做最後的努力。即使是祈求寬恕，這些貴族依舊沒有忘記尊卑之分，排在越前面的人地位越高，衣著也更加精緻華美。

唯一不同的是跪在最前面的那群人。

這群人不分男女老少，全都被繩子緊緊捆住，臉上滿是血汙，身上的華服也有多處破裂，有人甚至失去了手腳。

他們的共同點，就是擁有庫布里克這個姓氏。

亞爾卡斯冷眼俯視著跪在自己面前的這群人，心裡滿是鄙夷與厭惡。他的心情忠實地反映在靈威上，浩瀚龐大的強大靈威壓得這群貴族抬不起頭、瑟瑟發抖。有人甚至因為呼吸困難的關係，臉孔變成了難看的青紫色。

即使如此，還是沒有任何一個人敢亂動。

雖然私下被人戲稱為吟遊元帥，但亞爾卡斯的個性可不像吟遊詩人那樣柔軟浪漫。如果有必要，他可以眉頭不皺地殺光眼前這群貴族，他有那個能力，也有那個權力。

「——巴納修。」

亞爾卡斯大聲叫喚身後的副官。

「屬下在。」

美麗的副官往前踏了一步，並留意不要進入上司的靈威領域。

亞爾卡斯的操魔技術極為精細，他把靈威的籠罩範圍控制在眼前貴族身上，站在他後面的士官兵則一點影響也沒有。只有像他這樣能夠自由控制靈威領域的人，才算是一流的魔法師。

「全部關起來，等候陛下發落。」

「是。包括最前面這些人嗎？」

「以我個人來說，是很想把他們全部砍頭，可惜陛下有令，不得不從。」

「了解。把他們帶走！」

巴納修最後一句話是對著身後士兵說的。

亞爾卡斯收斂靈威，士兵們將貴族們又拖又拉地帶走，廣場上頓時一片哭號。這些貴族的實力其實遠勝士兵，但他們不敢反抗，亞爾卡斯可是還在旁邊看著呢。

「大人，請問陛下打算怎麼處理他們？」

巴納修輕聲問道。

「不知道。她只說她會給這些狂妄之徒一個有趣的結局，所以我就拭目以待了。」

巴納修輕輕點頭不再多問，同時開始想像所謂的「有趣結局」到底會是什麼。

當然，亞爾卡斯只是在胡扯。

他的確很想直接砍了這群人，但接下來他還要釋放莎碧娜。一旦脫困，銀霧魔女必定滿腹怨氣，在老公爵授首的情況下，這些傢伙將是她消氣的最好道具。亞爾卡斯可不想因為搶了主君的玩具而遭到怨恨。

「我進去裡面看看他們說的魔導陷阱，你們不用跟來，守好外面，還有牢牢看著那群傢伙。用我的名字發布全城通告，我們不會傷害同為雷莫子民的人，讓民眾安心。」

「是。」

「還有，這裡是敵人的老巢，晨曦之刃的大本營大概也會設在這裡。他們有可能趁機搗亂，小心一點。」

「我會妥善處理。」

「另外，把城裡的所有物資列出清單……」

亞爾卡斯將要處理的事一條一條交代下去，巴納修面不改色地仔細聆聽著。

果然有一個優秀的副官就是好啊，亞爾卡斯心想。只要動動嘴，下面的人就會自己把事情辦好，真是輕鬆愉快。

過了好一會兒，亞爾卡斯終於走向城主府，巴納修則是扛著滿滿的指示離開了。

通往城主府的道路破敗蕭條，到處都可以看到戰鬥的痕跡，就連城主府本身也有好幾個破洞。

這些與亞爾卡斯的軍隊無關，而是內亂所引起的。

（……說真的，沒想到會這麼輕鬆。）

看著這些痕跡，亞爾卡斯暗自感嘆。

四天前，亞爾卡斯與札庫雷爾分別後，便全速前往撒謝爾城。他沒有理會那些被老公爵攻陷的城市，而是直搗對方老巢。

亞爾卡斯預計此行會遭遇一場苦戰，沒想到戰列艦才剛開到撒謝爾城門口，對方立刻開城投降。對方的反應讓亞爾卡斯為之一愣，以為這些傢伙打算玩弄詭計，例如誘他入城，然後來場暗殺什麼的。

後來亞爾卡斯總算弄清事情的始末，原來庫布里克公爵戰死的消息傳回城裡之後，那些被當作人質的貴族們立刻聯合叛亂。庫布里克一族雖然經營此城多年，但面對來自內部的攻擊——而且還是超過七百名魔法師的豪華陣容——根本毫無招架之力。

亞爾卡斯原本以為庫布里克公爵隱忍多年，如今高揭叛旗，想必已經做好充足的準備才對，沒想到他一死，整個集團立刻分崩離析。從那些投降的部下身上，亞爾卡斯絲毫感受不到他們對老公爵的忠誠。就連庫布里克公爵的家人，也只是一味地把罪責推到已死的老人頭上，不斷強調他們只是被逼迫的。

亞爾卡斯不是一個擁有精神潔癖的人，但這些人的嘴臉實在讓他感到噁心，所以才會刻意用靈威教訓一下他們。

（……算了，反正省了我不少事。時間寶貴，哪怕多節省一秒都是好的。）

亞爾卡斯決定不再理會那群醜態畢露的傢伙。接下來還要應付亞爾奈，對面那位蒼藍賢王隨時可能大軍壓境，他必須儘快完成此行的最大目標，也就是釋放莎碧娜．艾默哈坦。

亞爾卡斯在城主府的大門前停了下來。

門上閃爍著一般人看不到的光輝。

那是魔力流過紋陣線路所散發出來的光芒，只有魔法師才看得到它。亞爾卡斯很不莊重地吹了一聲口哨，他從來沒見過這麼複雜的紋陣。不過他本來就對魔導科技沒什麼興趣，所以眼前的紋陣只令他覺得討厭，不會為其深奧而讚嘆。

根據那些投降貴族的說法，城主府的大門設下了極其強力的魔導陷阱。這個陷阱非常精巧，籠罩範圍包涵了整座大廳。他們曾試著闖進去，但沒人能解開紋陣，破壞牆壁或地洞之類的手段也沒有用。就算切掉了城主府的能源供給，甚至是停止城市魔力爐，這座紋陣依舊運作如常，恐怕是用了什麼特殊手段從別的地方取得能源吧。

「……好吧，希望桃樂絲給的東西有效。」

亞爾卡斯一邊喃喃自語，一邊從軍衣內側的口袋拿出一份折得厚厚的文件。

「我看看……總共有六種……是哪一種呢？」

那份文件是紋陣的結構圖，上面畫著密密麻麻的紋陣線路。亞爾卡斯仔細地逐一對照確認，二十分鐘後，他總算找到與大門紋陣一模一樣的紋陣結構圖。

亞爾卡斯用手輕觸大門右側的某個魔力節點。如果那些投降貴族沒有說謊，一旦有人碰到大門，大門就會立刻噴出凶猛的魔力流，將觸碰者轟成飛灰，因此他的動作非常謹慎，隨時準備用天翔之型倒飛。

大門沒有反應。

「……看來是中大獎了啊。」

亞爾卡斯露出微笑，然後往節點灌注魔力，讓魔力沿著手中結構圖所描繪的一組特殊路線移動。不久之後，大門無聲無息地敞開。

亞爾卡斯推門走入，接著一片殘破的景象映入眼中。自從莎碧娜被封印之後，這座大廳就遭到封鎖，無人清掃整理。大廳裡到處都是被打壞的東西，看起來簡直跟廢墟沒兩樣。

亞爾卡斯用魔法讓自己身體浮空，以免踩到地上的魔力節點，接著他環顧室內，大致猜到這裡發生了什麼事。

「用堅固的密室隔絕目標，然後端上豪華的紋陣封鎖套餐招待客人嗎？真老套。」

亞爾卡斯低聲罵道，然後再次拿出那份紋陣結構圖。大廳跟大門不一樣，這次只有一種結構圖，但卻有四張附圖。亞爾卡斯嘆了一口氣，再次與那些該死的幾何線條進行激烈的生死搏鬥。半小時後，他終於找到目標。

「就是這裡了！」

亞爾卡斯找到一處節點，然後注入魔力。

「陛下？」

亞爾卡斯問道。他感覺自己的聲音與魔力似乎被什麼東西吸走了似的。

過了許久——也或許沒有那麼久，純粹只是亞爾卡斯的心理作用——一道熟悉的聲音從莫名的彼方傳入他的耳中。

「……英格蘭姆．亞爾卡斯？」

那正是銀霧魔女的聲音。

終末日 03
亡者之檻

從天空俯瞰，可以見到遠方的地面有一條明顯的分界線。線的一邊是青綠，另一邊則是有如血跡乾涸般的暗紅。

青綠色的本體是野草。但它們不是普通的野草，而是長期沐浴在濃厚魔力下的變異品種。據說這些變異野草有些吃了可以強化肉體，有些飽含劇毒，由於後者的數量壓倒性地勝過前者，而且無法用任何手段事先鑑別，因此除了少數草食性怪物，沒人會接近它們。

暗紅色的本體是土壤。由於魔力過於濃郁的關係，就連變異野草也長不出來，土壤本身也因為魔力的影響變成了別的東西。這種土壤完全種不出東西，因為它會搶奪養分，如果有人大膽地躺在上面睡覺，只要一個晚上就會變成乾屍。

「這就是亡者之檻啊？從空中看，跟在地上看的感覺完全不一樣呢。」

紅榴整個人趴在窗上，雙眼放光地看著地上的景色。因為這艘浮揚舟的座艙左右各有兩塊硬化玻璃，所以獸人少女的霸占行為並沒有引來譴責。

「對了，我記得妳來過嘛。」

莫浩然想起紅榴曾說過，她之前為了修行前往亡者之檻，還引走了一頭七級怪物，引發一連串的事件。

「嗯，可是沒有這麼深入，我只有走到綠色的那邊而已，紅色那邊就沒去過了。」

「沒進去才好，紅色那邊就是八級怪物的世界了，更深處還有九級怪物。那可不是傳說，是真的存在。」

莫浩然不經意地賣弄著從傑諾那邊得到的知識。

九級怪物——只有王級魔法師才能獨力討伐的怪物——僅存在於亡者之檻內部。這是由於一旦出現過於強大的怪物（通常是七級以上），貴族們為了確保自身利益，會暫時放下爭執與立場，聯手討伐或驅逐牠們。

由於亡者之檻剛好位於國境線，牽扯到的利益最小，再加上資源貧瘠、沒有開拓價值，因此貴族們對於裡面的怪物往往視而不見。

理論上，越是靠近亡者之檻的城市，應該越是蕭條貧窮才對。然而，事實上剛好相反，最靠近亡者之檻的城市席爾瑞思反而極為繁榮。

這是因為貴族們擔心有強大怪物會從亡者之檻裡面跑出來，因此需要一個監視與防衛的據點，席爾瑞思城一肩擔起這個光榮的任務，代價就是龐大的預算補貼、稅賦減免與高昂物價。

此外，怪物身上的稀有素材也能賣出高價，所以吸引了一大批以戰鬥維生的低階貴族。這些低階貴族由於經常與怪物搏鬥，累積了不少壓力，因此花起錢來特別痛快，為席爾瑞思的經濟成長做出不小貢獻。

不過席爾瑞思聳立此地多年，一直沒有看過八級以上的怪物跑出亡者之檻，更遑論是在那之上的九級，因此也有人認為目前亡者之檻裡面並沒有九級怪物，所有的九級怪物都在魔王歐蘭茲那一戰被消滅了。

但是，九級怪物確實存在。在傑諾的記憶裡，魔王之魂的守護者正是一頭貨真價實的九級怪物——邪墮天翅獸。

「九級啊……好想看看……」

紅榴露出嚮往的表情。莫浩然心中暗叫糟糕，原本想提醒獸人少女別輕舉妄動，沒想到似乎反而勾起她的興趣了。

「吶吶，小桃桃，可以去看一下嗎？反正有飛船嘛，我們遠遠看一眼就好，就算被發現，也可以咻一下就溜掉。」

「什麼咻一下就溜掉啊，妳以為九級怪物是那麼好招惹的東西嗎？七級以上的怪物都能操縱魔力，換句話說牠們都有遠距離攻擊的手段，就算飛在天上也會被打下來。」

當初莫浩然遇見的那頭變異戰蛛獸就能使出類似穹弩之型的技巧，而且威力大得驚人。要是被那種攻擊命中，除非是配備了魔力護壁的戰列艦，否則再堅固的飛船都會被打爆。

事實上，他們這艘浮揚舟也同樣曝露在隨時會被怪物狙擊的風險之下。駕駛艙裡的老空航士多拉姆此時滿頭大汗，一邊注意偵測儀，一邊用肉眼掃視四周，深怕突然冒出一頭強大怪物攻擊他們。可惜他的努力注定白費，因為這條航線是傑諾提供的，這是一頭七級怪物的狩獵區，不過牠只會在特定的時間區段出沒，只要避開那個時間區段，它就是世上最安全的航線之一。

「不行嗎？」

紅榴失望地看著莫浩然。

「不行。」

「只是看一眼就好？」

「不行。」

「……作為交換，給你摸一下也是可以的哦。」

「啊？」

「你以前說過很想摸，我可以給你摸一下。十秒、不，二十秒夠嗎？」

「妳在胡說什麼啊！」

這時莫浩然感覺到身後傳來兩道尖銳的視線。他不用回頭也知道，零與伊蒂絲必定正用「原來你是這種人啊」的眼神看著他。

「啊咧？你不是一直想摸我的耳朵跟尾巴嗎？當初第一次見面的時候，就一臉很有興趣的樣子。」

「……啊？」

莫浩然想起來了，自己好像的確對紅榴提過這樣的要求。因為地球上沒有獸人娘，突然看到真貨，會想摸一下也是人之常情。只不過紅榴以「清純的獸人少女不會隨便讓人摸自己的身體」為由拒絕了。

「小桃桃為什麼一臉失望？還是說你想摸別的地方？好，說吧！我會讓你盡情地摸個夠！」

「夠妳個鬼啊！別再敗壞我的名聲了！」

「真的不想摸嗎？」

「不想。」

其實是有點想的，但這時絕不能表現出絲毫動搖，否則自己從此將背負起戀童癖的十字架。莫浩然自認是一個有原則的人，即使對方是異世界的非人種族，也不能為此違背自己的良心。

「喊，本來想說要是小桃桃真的走了，就給你一個美好回憶當作紀念的說。」

「……」

紅榴嘟著嘴巴輕聲說道。莫浩然聽了不禁為之一愣。見到莫浩然的愕然表情，紅榴反而笑了出來。

「喵哈哈哈！開玩笑的啦！在報恩之前，絕不會讓小桃桃溜掉的，放心放心！」

紅榴用力往莫浩然的胸口拍了一下。由於沒有控制好力道的關係，獸人少女的怪力竟將莫浩然整個人拍飛出去。就在莫浩然差點撞上站在後面的伊蒂絲時，他的身體在空中驟然停止。這是鎖縛之型的效果。

伊蒂絲俯視平躺在空中的莫浩然。

「警告你哦，在找到歐蘭茲大人的線索之前，我是絕對不會讓你逃掉的，給我記好了。」

「……是。」

伊蒂絲滿意地點了點頭，然後解開魔法，莫浩然咚的一聲跌坐在地。

莫浩然一邊從地上爬起來，一邊心想：媽的，還是被那傢伙說中了。

就在昨天，莫浩然把自己即將離開的事情告知了其他人。

當然，莫浩然不可能將實情全盤托出。雖然看不慣傑諾的作法，但他不得不承認，那麼做的風險實在太大了。因此莫浩然對眾人用了這樣的說法：他是為了某個目的才會去亡者之檻，等到完成了那個目的，就會立刻與大家分別，獨自離開。至於他去亡者之檻的目的是什麼？之後又要去哪裡？這些問題他一概不予回答。

老實講，連他自己都覺得自己的說明非常差勁。

於是眾人笑著祝他一路順風——這樣的好事當然沒有發生。

伊蒂絲第一個跳出來懷疑他想畏罪潛逃，並且聲明要是亡者之檻沒有歐蘭茲大人的線索，她會一直跟著莫浩然，直到找到為止。

紅榴笑嘻嘻地說無所謂，她會努力追上莫浩然的。在報完恩情之前，就算莫浩然跑到世界的盡頭她也會追過去。

零什麼都沒說，但莫浩然覺得藏在鬼面具之下的那道視線似乎盯自己盯得更緊了。

事情的發展可說是完全被傑諾料中了，莫浩然對此覺得非常不爽。

他也知道自己的不爽其實沒什麼道理。事實上，連他自己也多少猜到眾人會有這樣的反應。但就算這樣，莫浩然還是覺得很不爽。

傑諾沒有錯。他明白指出事情可能會產生什麼樣的變化，並且提出了風險最小的解決之道，任何人都會覺得他是正確的吧。

就是這點令人不爽。

從認識傑諾以來，這位大法師就一直是這副德行。以前還可以忍一忍，但自從看過傑諾的記憶後，莫浩然覺得自己的忍耐底限似乎降低了不少，連他自己都不知道為什麼會這樣。

莫浩然覺得傑諾的作風讓他很煩躁。

他無法說明究竟是哪裡惹人煩躁，反正他就是覺得煩躁。

而且——

「吶，看看，我早就跟你說過了吧。」

像這樣，不時在腦中響起的風涼話，更是讓他的煩躁指數直線飆升。

「囉嗦，閉嘴！」

「是是是。哦，對了，反正最後應該還是要我來收拾殘局，麻煩你別再把事情搞得更複雜。要是到時出了什麼問題，你也會倒楣喲。」

莫浩然像個賭氣的小孩一樣，撇過頭裝作沒聽到。

※◆※◆※◆※

伴隨著巨大的轟鳴聲，浮揚舟緩緩降落在紅綠土地的交界處。翠綠草原被風壓吹得搖曳不定，有如波浪。另一側的暗紅土地則是塵埃飛揚，漫天沙土。

等到浮揚舟著地後，位於側面的艙門隨即打開，莫浩然一行人從裡面走了出來。莫浩然沒有立刻離開，而是站在原地揮手，向駕駛艙裡的多拉姆打招呼。老空航士朝他點了點頭，接著拉升浮揚舟，瀟灑地調頭離開。

莫浩然心想不愧是札庫雷爾推薦的人。在他們搭乘飛船的這幾天，多拉姆跟他們說的話加起來不到十句，而且絕大多數都是「要出發了，扣緊安全裝置」、「食物在上面的櫃子」之類的尋常話語，一點都沒有打探他們行動的意思。就連莫浩然跟他說送到這裡就好，他自己可以開船先走時，老空航士也只是挑了挑眉毛而已。

（雖然就算他問了，我也不會說就是了。）

或許老空航士也是知道這一點，才會保持沉默吧。

但是浮揚舟開走的話，眾人該怎麼離開亡者之檻呢？零等人雖然提出了這樣的疑問，但當莫浩然說到自有辦法時，她們便沒有再追問下去。由此可知她們對於莫浩然抱有相當程度的信賴，這讓已經準備好要應付連番追問的莫浩然有點過意不去。

目送浮揚舟離開後莫浩然指向暗紅土地的方向，然後邁開腳步，其他人紛紛跟上。

「亡者之檻已經到了，我們接下來要去哪裡，小桃桃？」

「還要再走一段路，大約半天的時間。」

「半天？幹嘛不直接叫飛船載我們過去就好？」

「因為那裡飛船無法降落……啊，對哦。」

在傑諾的提醒下，莫浩然用魔力製造了一個平臺，將零、紅榴與伊蒂絲托離地面，他自己也跟著飄浮起來。

「不要用腳踩地。這裡的土地會吸食精氣，走在上面會累得很快。而且一旦坐下來休息，會越坐越累，最後一睡不起。」

「咦耶？真、真的嗎？」

紅榴一聽，耳朵和尾巴立刻豎起來，接著從魔力平臺一躍而下，完全不把莫浩然的警告放在眼裡。她在地上用力踩了兩下、跳了幾下，然後眼睛睜得大大的看著莫浩然。

「小桃桃，沒有感覺耶？」

「……因為妳才剛踩上去的關係。不信的話，自己走一段路看看。」

「好，我試試！」

眼見獸人少女不聽勸告，莫浩然也只能由她去。

接著零也從魔力平臺上跳了下來，不過她的雙腳沒有踩地，而是像莫浩然一樣在空中飄浮，以便防備突發狀況。只有伊蒂絲因為不會飛行魔法的關係，乖乖地坐著不動。

「好，走吧。」

莫浩然一聲令下，眾人開始前進。

現在正值夏季，隨著時間的推進，頭頂上的太陽漸趨酷熱。莫浩然從行李中取出了組合式桿子與厚布，搭了一個簡易的棚架遮陽，然後用魔力平臺托著棚架前進。當然，這些東西都是莫浩然事先請札庫雷爾準備的。

大約過了一小時，紅榴主動跳上魔力平臺，然後翻出行李裡的乾糧大吃特吃。雖然她什麼話也沒說，不過根據那對下垂的耳朵與軟弱無力的尾巴，可以看出她已經充分品嘗到大地陷阱的滋味了。

伊蒂絲的紅色人格跳出來嘲笑紅榴，而紅榴不知是不是太過疲倦的關係，沒有像往常一樣回嘴，吃完之後倒頭就睡，伊蒂絲覺得無趣，嘲笑一會兒後就停止了，繼續低頭看自己的小說。

過了不久，紅榴突然翻身跳起來。

「妳怎麼了，笨貓？」

伊蒂絲訝異地問道。紅榴沒有理會伊蒂絲的諷刺，只是不斷左右張望。她的耳朵與尾巴高高豎起，雙眼半瞇，一副如臨大敵的表情。

「笨貓，妳──」

「噓！」

紅榴一臉緊張地做出噤聲的手勢，然後轉頭看向莫浩然。

「──小桃桃，我們現在到底在哪裡？我聞到非常不妙的味道。」

紅榴壓低聲音說道，過去那種大膽無畏的態度突然消失得一乾二淨。仔細一看，可以發現她的皮膚滿是雞皮疙瘩，彷彿被人扔到冰櫃裡面一樣。

「我之前不是說了嗎？飛船無法在這裡降落，就是因為這個原因。」

「……好厲害……這個、難道就是九級嗎？」

「八級。不過已經抵達巔峰，距離九級只差一步。」

聽到兩人的對話，零與伊蒂絲總算明白現在究竟是什麼情況了：獸人少女靠著她那優異的直覺與五感，察覺到這附近潛藏著非常危險的東西——八級巔峰，接近九級的超級怪物。

「不用緊張。只要不做出大喊大叫之類的行為，牠就不會發現我們。因為浮揚舟降落的時候會發出很大的聲音，一定會把牠吵醒，所以不能坐飛船過來。」

「小桃桃怎麼會知道這些事？你來過嗎？」

紅榴問道。這個問題她在路上已經重複了好幾遍，而莫浩然這次也重複了一樣的答案——顧左右而言他。

「總之，不要大聲說話就行了。」

就在這種緊張的氣氛下，一行人持續前進。

四周非常安靜，耳朵能夠聽到的只有呼呼風聲。這種靜謐絕非祥和的伴生品，而是恐怖的醞釀物。眾人開始感受到某種強烈的不協調感，彷彿眼前的寂靜景色全是幻象，隨時會有什麼東西撕破這層畫紙，從裡側跳出來襲擊他們一樣。

過了不久，眼前的荒蕪大地出現了些許變化。

在不遠處的地面聳立著眾多岩石，岩石大小不一，但每一顆最少都有成年人那麼大，重量起碼有好幾噸。零、紅榴與伊蒂絲見到這些岩石後，全都提高了戒心。眼前的亂石堆讓人不禁聯想到一種叫做擬石獸的怪物，這種怪物平時會偽裝成石頭，等到獵物靠近後再驟然突襲，這些岩石說不定就是類似的怪物。

然而莫浩然卻毫不遲疑地走向亂石堆，零見狀立刻跟了上去。坐在魔力平臺上的紅榴與伊蒂絲互相對望一眼，繼續安坐不動。她們的想法很簡單，莫浩然既然對亡者之檻這麼了解，走得又這麼輕鬆堅決有把握，必定是知道這些石頭沒有問題。

事實上，她們猜錯了。

眼前這些石頭，包括石頭之下的地面，全都是紋陣的零件。換言之，莫浩然一行人已經踏入了某個大型紋陣之中。

莫浩然按照傑諾的指示，在岩石之間來回穿梭，以免觸發陷阱，最後停在一顆岩石前面。

莫浩然伸手觸摸岩石，並且朝內部灌注魔力。

就在這時，地面發光了。

下一秒鐘，眼前的景色為之一變。

荒蕪的暗紅平原消失無蹤，取而代之的，是一個充滿黑暗的空間。

對眾人來說，黑暗不足以造成困擾，因此他們可以清楚看見隱藏在黑暗布幕背後的東西——這是一個由磚石砌成的空間。

「小桃桃，這裡是哪裡？」

「……不清楚。我只是剛好知道有這麼一個地方而已。」

莫浩然語焉不詳地回答紅榴。他總不能說這裡就是歐蘭茲所建造的藏身之所，也是存放著魔王魂魄的地方吧。

莫浩然按住牆上的某塊磚石，對面的牆壁立刻無聲無息滑開，露出了後面的通道。

「往這邊走……呃，妳在幹嘛？」

莫浩然轉頭招呼眾人時，發現伊蒂絲正拿著一本小冊子，拚命地在上面寫東西。伊蒂絲聽見莫浩然的提問，頭也不抬地說道。

「別吵，我在取材！」

「……啊？」

「乾枯的死亡大地！瞬間移動！神秘建築物！奇遇！寶藏！太棒了！這就是冒險小說用來強化主角的經典套路！歐蘭茲大人在上！感謝您的庇祐，讓我遇到這麼棒的事情！我的靈感源源不絕！呼嘿嘿嘿嘿嘻哈哈哈──！」

看著一邊埋頭寫字一邊發出奇怪笑聲的伊蒂絲，莫浩然真想問她：大姐妳是不是忘記自己的角色設定了？妳不是魔王寶藏的看守者嗎？還用得著在這裡取材？而且我們早就離開巴爾汀了，妳的小說是想寫給誰看啊？

不過看伊蒂絲這麼認真，他決定暫時把這些問題拋在腦後。

由於擺脫了會吸食精氣的暗紅大地，因此莫浩然與零解除了浮空的魔法，紅榴也跳下來用自己的雙腿走路。唯有伊蒂絲為了把靈感記錄下來，堅持繼續待在魔力平臺上。反正不久之後就要與她分別，莫浩然乾脆由她去。

就這樣，莫浩然一行人在黑暗的通道中行走。沒有人開口說話，只有沙沙的腳步聲與伊蒂絲的寫字聲在牆壁之間來回折射。

莫浩然心想自己是不是該說些什麼。

傑諾被封印的地方就在前面。

假如傑諾所言無誤，一旦把他釋放，他們之間的契約就算完成了。屆時莫浩然會立刻回歸地球，連跟零等人打聲招呼的時間都沒有。

（要跟她們道別，現在恐怕是最後的機會了吧……）

想到這裡，莫浩然的步伐稍微變慢了一點。

（不過，要說什麼才好？以前沒遇過這種事啊，真令人頭痛。）

綜觀莫浩然這十六年的人生，與「分離」、「道別」這類詞彙扯上關係的，大概就只有學校的畢業典禮。不過那時他可一點也不覺得感傷，因為他直接蹺掉了。另外一次就是父親去世的時候，但那樣的經驗顯然不適用於眼前的情況。

莫浩然一邊前進，一邊思考到時該說什麼才好。不知不覺間，漫長的通道已經來到盡頭。

盡頭可以見到亮光。

不是元質粒子所散發的光芒，而是就連凡人的肉眼也能夠見到的光——一種銀中帶藍，充滿冷澈感的光線。根據傑諾的記憶，那是某種特殊礦石所發出的光芒，這種特殊變化只有長期浸淫於濃厚魔力之中才有機會出現。換言之，是只有在亡者之檻這種魔力濃度異常的環境才會誕生的特殊產品。

隨著距離的接近，光線越來越亮。莫浩然也擬好了腹稿，打算一離開通道，就會向身後的三人道別。

只是，這個想法並未實現。

當莫浩然一行人走出通道的那一瞬間，所有人全都呆住了。

通道後方是一座極其寬敞的雄偉殿堂。挑高的圓頂天花板高度有十五公尺，房間大到讓人無法一眼望盡。除了少數物品，整座殿堂全都是用特殊礦石砌成的，因此到處都閃耀著美麗的銀藍色光芒。

但如果只有這種程度，不可能讓莫浩然一行人看呆。

他們可是在黑曜宮生活了將近一個月之久，早就見識過各種華美奢侈的建築物與器具。這座殿堂雖然氣勢十足，但跟窮究雷莫國力所建造的黑曜宮比起來，還是差了那麼一點。

令他們呆住的，是站在殿堂正中央的男人。

那個男人有著一頭漆黑長髮，以及一雙令人聯想到鋒利刀刃的銀色眼珠。容貌俊秀，但充滿了陰沉的氣息。更令人感到危險的是，男子腳邊擺著兩顆鮮血淋漓的頭顱。

「……桃樂絲、紅榴、伊蒂絲，還有——莎碧娜．艾默哈坦的替身，對嗎？」

男子開口了。

他的聲音像是冰冷的水，讓人感到發寒，但更令人毛骨悚然的，是他一口就道破眾人的來歷。

眾人全部緊張起來，做好戰鬥的準備。

男子對眾人的反應視而不見。

「我與各位應該是初次見面，請容我報上姓名。我叫克拉倫斯．哈帝爾。我想妳或許曾經從傑諾．拉維特那邊聽過我的名字，桃樂絲小姐。」

「……聽都沒聽過。」

這是假話。

莫浩然當然知道這個人——他就是當年跟傑諾與巴魯希特一起闖入此地的人，後來不知為了什麼原因，主動退出魔王之魂的爭奪戰。

不僅如此，他還是這次的亞爾奈軍總指揮官，不久前跟亞爾卡斯打了一場，把那個吟遊元帥狠狠戲耍一番。

雖然了解對方的來歷，但這時還是裝作什麼都不知道比較好。莫浩然希望頭上那位大法師給點建議，偏偏這傢伙突然給他裝死，什麼都不說。

「你就是那個『冰刃』克拉倫斯．哈帝爾？」

我方這邊最先做出反應的反倒是紅榴。

「你不是西邊的魔法師嗎？為什麼會出現在這裡？你想幹嘛？你——」

紅榴話說到一半就突然停止了。

然而仔細一看，可以發現紅榴明明嘴巴在動，卻發不出半點聲音。眾人訝異地看著紅榴，就連紅榴本人也同樣一臉錯愕的表情。

「抱歉。我想跟桃樂絲小姐討論一些重要的事，因此無關的人請暫時不要發言。」

哈帝爾淡然說道。

紅榴立刻激動起來，只見她一邊指著哈帝爾，一邊不斷開合嘴巴，可是沒人知道她在說什麼。

就在這時，響起了機簧被打開的卡噠聲。

聲音源自於莫浩然，他打開了背後的鐵匣，從裡面取出武器。一旁的零拔出長劍。伊蒂絲微微側身，左手掌心對準了哈帝爾，做好隨時發動魔法的準備。

「解開魔法，否則我們就要反擊了！」

莫浩然大吼，同時將魔力注入手中的魔導武器。由於魔力的注入，寬大的劍刃開始發出微光。

面對嚴陣以待的眾人，哈帝爾的反應顯得格外悠哉。他連掛在腰間的劍都沒拔，只是站在原地冷眼看著眾人。

「……真令人意外。」

過了好一會兒，哈帝爾總算開口了。雖然口中說著意外，但他的表情卻不是那麼一回事。

「只不過是連『型』都算不上的禁言把戲，妳們的反應未免太過激烈了。我剛剛說過了，我只是想跟桃樂絲小姐不被任何人打擾地談一談。」

只有被冠上「型」之名號的魔力操控技巧，才算是正式的魔法。哈帝爾剛才所使用的只不過是用魔力阻隔空氣振動，讓紅榴的聲音傳不出來的粗淺戲法而已。這就跟魔法師隔空取物一樣，不只不是魔法，甚至連基礎都算不上。

莫浩然沒有回話，只是堅定地握著武器。這時哈帝爾皺了一下眉頭，然後目光移到伊蒂絲身上。

「鎖縛之型？」

伊蒂絲露出驚訝的表情，只見她的嘴巴又開又閉，但是卻跟紅榴一樣發不出聲音，而且僵在原地一動也不動。她剛才原本想先發制人，用鎖縛之型困住哈帝爾，沒想到對方技高一籌，不但反過來封鎖她的行動，還順便把她禁言了。

莫浩然見狀立刻衝上去，但有一道影子比他更快。

紅榴看到伊蒂絲被困，立刻第一時間攻向哈帝爾。她的動作雖快，但還是快不過哈帝爾的魔法，她才奔出兩步就被固定在半空中，看起來就跟陷入蜘蛛網的蝴蝶一樣。

「嗯？」

哈帝爾輕咦一聲，然後縱身後躍，閃開莫浩然的劈擊。哈帝爾有如羽毛般輕飄飄地落到殿堂的雕像上面，像是王者俯視臣民一樣俯視下方。莫浩然見狀立刻提劍追擊，這時傑諾突然開口阻止他。

「等等！先看看四周情況！」

莫浩然聞言連忙停步，終於知道傑諾為什麼要他住手了。

不只是紅榴與伊蒂絲，就連零也不知什麼時候中了哈帝爾的鎖縛之型。只見鬼面少女保持著身體前傾、準備衝刺的姿勢，但整個人卻像雕像一樣被固定在原地。

莫浩然頓時感到毛骨悚然。對方竟然在一眨眼的時間，這麼簡單就制伏了其他人。

（這就是公爵級魔法師的實力……）

莫浩然緊張地瞪著哈帝爾，他感覺自己的額頭與背部滿是冷汗。雙方的實力相差太大了，要是自己貿然追上去，恐怕會在一瞬間被打倒吧。

正當莫浩然猶豫著要不要叫傑諾像上次一樣使用極限同調時，哈帝爾開口了。

「……令人意外。」

與先前一樣的臺詞，但這次哈帝爾臉上確實出現了訝異的表情。

「不，該說真不愧是傑諾．拉維特的後繼者嗎？這麼年輕就有匹敵公爵級的實力……雷莫什麼時候冒出了這麼多人才？」

哈帝爾的視線在莫浩然、零與伊蒂絲之間來回移動，眉頭皺得更深了。

哈帝爾剛才看似輕鬆地制伏眾人，但背後所付出的代價事實上並不簡單。他為此調動了大量魔力，幾乎接近自己的極限值。雖然他手上握有對方的情報，並且提高了對於桃樂絲一行人的實力的估計，不過他發現自己的判斷有誤，眼前這群人的評價必須再往上調高數個等級才行。

尤其是眼前這位名叫桃樂絲的白髮少女。

能夠抵抗他的鎖縛之型，代表桃樂絲也有公爵級的實力。這種事聽起來極為荒謬，但它確實發生了。

這對亞爾奈來說可不是什麼好事。

哈帝爾心裡瞬間湧起殺意。就在這裡把這些傢伙統統幹掉，說不定是一個不壞的選擇？然而他很快就否定了這個想法。桃樂絲一行人的威脅性雖大，但跟他此行的目的比起來，分量還是輕了一些。

不過既然對方的實力之強超乎預期，談判的手段就有必要修正。

哈帝爾動作輕盈地從雕像上跳下來。莫浩然退了一步，腦中已經構想好要是對方突然衝過來的話，自己要如何應對與反擊。莫浩然這幾個月可不是白混的，天天在野外跟怪物廝殺，他的戰鬥經驗比起同年齡人豐富太多了——不論是跟地球或跟傑洛的人相比。

「不用緊張。我說過了，我只是想跟妳談一談。」

哈帝爾攤開雙手，表示自己沒有敵意。

「……你以為我會相信嗎？」

「會的。因為這是事實。」

「……你想談什麼？」

「當然是——」

彷彿是為了營造效果般，哈帝爾停頓了一下，然後說道。

「——關於魔王歐蘭茲的事。」

莫浩然愣住了，紅榴一臉莫名其妙的表情，雯戴著面具看不出來，但想必跟紅榴差不多。反應最激烈的莫過於伊蒂絲，只見她臉色大變，嘴巴誇張地又開又合，像是在吼叫些什麼，但由於哈帝爾的魔法，她的聲音根本傳不出來。

哈帝爾說完後便不再開口，只是面無表情地瞪著莫浩然。哈帝爾的反應讓莫浩然困惑不已，這是要讓他說話的意思嗎？可是他要說什麼？

「你問他：『你想要得到魔王的力量？』」

傑諾的聲音在耳畔響起，莫浩然暗暗鬆了一口氣。

「你想要得到魔王的力量嗎？」

莫浩然按照指示反問哈帝爾。哈帝爾聽了面露微笑——帶有輕蔑之意的微笑。

「如果我想要那種東西的話，早在三年前就會出手搶奪了。」

不僅莫浩然，就連他頭上的傑諾似乎也沒有料到對方會這麼回答，發出了「咦——？」的聲音。

哈帝爾指了一下位於莫浩然腳邊不遠處的一顆頭顱。

「那個人是夏卡．巴魯希特，妳應該聽過他的名字。」

「什麼！」

莫浩然訝異地看向頭顱。

莫浩然雖然怪物殺了不少，但很少見到人類的屍體，尤其是在只剩下一顆腦袋的情況下。莫浩然反射性地想要轉開眼睛，但傑諾叫他不要動——他必須依靠莫浩然的五感才能觀測外界事物。

「至於另外一個，則是伊莫．庫布里克。這兩顆人頭算是我的誠意。」
「……什麼意思？」
莫浩然強忍住正在胃部翻湧的不適感，盡可能讓自己的語氣顯得冷淡。
「既然身為傑諾的繼承者，他應該有跟妳提過我們之間的糾葛。」
「先等一下。」
莫浩然打斷了哈帝爾的話。這當然也是傑諾的指示。
「你為什麼會覺得我是傑諾．拉維特的繼承者？」
「難道不是嗎？」
「……請不要用問題來回答問題。這不是想要跟人好好談一談的態度。」
「不愧是那傢伙的繼承者，就連耍嘴皮子的方式也很像。」
哈帝爾冷哼一聲。莫浩然真想告訴他，不是很像，這些話其實就是本人講的，他只是負責轉述而已。
「妳出現在這裡就是最好的證明。」
「或許我只是湊巧發現這裡而已。」
「這裡的主人是歐蘭茲，沒有他的魂魄的允許，任何人都進不來。只有身懷印記之人才能抵達這個地方，目前擁有印記的人只有我、傑諾．拉維特，以及夏卡．巴魯希特。妳必定是從傑諾．拉維特那裡得到了什麼，才能進來這裡。」
「你不覺得這種解釋很牽強嗎？」

「不覺得。」

真是一個有自信的傢伙，莫浩然心想。

「……好吧，如果我真的是傑諾·拉維特的繼承者的話，你想做什麼？」

「處理歐蘭茲的方法。」

哈帝爾冷聲說道。

「……什麼？」

莫浩然以為自己聽錯了，於是反問一遍。

「我希望妳交出處理歐蘭茲的方法。」

「搞什麼，你不是說不要魔王的力量嗎？這麼快就反悔了！」

莫浩然對哈帝爾的評價頓時下拉了一個等級。剛才話說得這麼漂亮，結果講沒兩句話就露出馬腳，這種反派簡直毫無格調可言。

「我是不需要魔王的力量。」

「放屁！剛才你明明——」

「我說的是『處理』。」

莫浩然立刻安靜了。

「……什麼？你說……處理？處理……是那個處理嗎？」

莫浩然差點以為自己的翻譯軟體——他最近都如此稱呼「異界召喚」附帶的語言轉譯能力——出了差錯。「處理」魔王？這種活像家庭主婦面對廚餘垃圾時所用的字眼究竟是怎麼回事？

哈帝爾沒有說話也沒有點頭，只是沉默地站在那裡。然而，他的眼神已經做出了回答——就是那個「處理」沒錯。

頭上的傑諾一直沒有反應，彷彿也被哈帝爾狂妄的語氣嚇到了一樣，於是莫浩然只好硬著頭皮接話。

「……你到底想幹嘛？」

「妳對當時的事知道多少？」

哈帝爾反問。莫浩然立刻意會過來，他口中的「當時」，指的就是他們三人爭奪魔王之力的那時候。

「這個嘛……」

正當莫浩然準備回答「大致上都知道」時，頭上那位大法師開口了。

「我跟哈帝爾，以及地上那個名叫巴魯希特的男人，曾經偶然來過這裡，後來我跟巴魯希特對分了魔王的力量。哈帝爾也有過機會，但他中途退出了。後來——」

傑諾突然開始快速述說起自己的經歷。莫浩然先是愣了一下，接著想起自己還沒跟傑諾提到有關記憶逆流的事情。

（……要不要趁現在告訴他？可是之前一直沒跟他講，現在突然說這個，感覺有點尷尬……嘛，還是算了。）

莫浩然決定以後再找機會說出這件事。他之前因為對傑諾感到不爽，所以刻意隱瞞這件事，但現在那股不滿之情已經消退許多了。再加上自己即將回歸原來的世界，再拘泥這些也沒什麼意義。

就在莫浩然思考這些事情時，傑諾已經將過去的事簡略又迅速地說完了，並催促莫浩然對哈帝爾回話。

「……細節部分不太確定，只知道大致的情況。你們三個來到這裡，然後發現了魔王的遺產。你中途退出，另外兩人把它平分了……應該是這樣吧？」

莫浩然照著傑諾的指示說道，哈帝爾輕輕點頭。

「正是如此。我只是因為聽到召喚，基於好奇才會前來這裡。我對魔王的力量沒興趣，更不想背負那種無聊的怨念。歐蘭茲雖被稱為魔王，事實上不過是一個空有力量、沒有自我的愚者而已。」

一旁的伊蒂絲聽到這句話，立刻展現出身為魔王忠臣應有的態度，也就是掙扎得更厲害，她的表情扭曲、嘴巴大開，形象可謂徹底崩壞，要是西格爾在這裡的話，就算心中的情愫再怎麼火熱也會完全冷卻吧。

相對的，零與紅榴什麼都沒做。雖然被魔法束縛言行，但哈帝爾看起來並沒有加害眾人的意思，因此她們也就決定先靜觀其變。特別是紅榴，她的眼睛閃閃發亮，表情又是好奇又是興奮，她似乎對自己被捲入了有關魔王的秘辛一事覺得非常有趣。

哈帝爾繼續說道。

「我不想要那股力量，不過我還是中了歐蘭茲的陷阱。」

「陷阱？」

「我先前說過，這裡只有擁有印記的人才進得來。妳知道什麼是印記嗎？」

「……不知道。」

這是謊話。記憶逆流的資訊裡面有關於印記的資訊，但既然頭上的傑諾什麼也沒說，莫浩然也就順勢裝傻。

「它是進入此地的通行證，同時也是一個路標——用來指引魔王之力該前往何處。當年我進入這裡之後，就已經被烙下印記，這給我帶來很大的麻煩。」

「……什麼麻煩？」

莫浩然口中雖然這麼問，但他隱約猜到了什麼。

哈帝爾擁有印記，印記是魔王之力的路標，哈帝爾對魔王之力沒興趣——綜合以上三點，任誰都能猜出究竟發生了什麼事。但為了保險起見，他還是問了一句。

「魔王的力量流到我這邊來了。」

果然如此，莫浩然心想。哈帝爾繼續說道。

「巴魯希特敗給拉維特之後，就失去了繼承的資格。原本魔王之力應該全數流到拉維特身上的，但他被銀霧魔女封印，所以——」

「等一下！」

莫浩然連忙出聲打斷哈帝爾的話——基於頭上的大法師的指示。

「傑諾．拉維特不是死了嗎？你為什麼會以為他被封印了？」

「沒什麼好奇怪的，我跟巴魯希特之前有過合作。」

意思是，巴魯希特既然猜到傑諾沒死，自然也會把這件事告訴他。

「……果然你才是一切的幕後黑手嗎？讓巴魯希特引誘庫布里克公爵叛變，然後趁機侵略雷莫。等到發現計畫不順利，又反過來殺了巴魯希特。」

「我只是協力者而已，主謀是那個傢伙。」

哈帝爾邊說邊朝巴魯希特的頭顱看了一眼。

「拉維特太大意了，沒有徹底殺死巴魯希特。他為了復仇，跑來找我合作，說要把雷莫送給我。」

「……真是個愛說大話的傢伙。」

莫浩然把傑諾的評語原樣照搬。如果是他自己的話，會用「是個不只喜歡扯淡，還是個最後連自己的蛋都一起扯下來的白痴」來批評巴魯希特。地球夜總會的打工經驗，讓他學會了很多絕對不能在日常生活中使用的語句與詞彙。

「我本來不想理他，但為了解決不請自來的麻煩，不得不跟他合作。」

「不請自來的麻煩？你是指魔王之力？難道巴魯希特知道如何截斷魔王之力的流動……不可能吧？」

這些話也是傑諾說的。莫浩然對此表示贊同，要是巴魯希特擁有這種技術，當初他就不用投靠阿瑪迪亞克，費盡心機設局殺死傑諾了。

「哼……順序似乎亂掉了。也罷，還是從頭說起吧。」

眾所皆知，哈帝爾是個沉默寡言的人。

他不喜歡冗長的言語，認為比起搬弄舌頭，實際行動更加重要。他認為需要從嘴巴說出來的，只有真正重要的事。即使是在那位蒼藍賢王面前，他的作風也沒有因此改變過。

但不喜歡不代表不會做。

若是有必要，他也可以當個辯士，說出一段令人聽到忍不住睡著的長篇大論。換言之，一切都是必要性的問題。在亞爾奈甚至私下流傳著一種說法：「這世上沒有讓克拉倫斯．哈帝爾連續說出五句話以上的人。」

就這點來看，莫浩然可謂享盡殊榮，因為哈帝爾接下來要講述的東西，絕對不是五句話就能交代完畢的。

「當年，我經常在夢中聽到奇怪的召喚聲，於是來到了這裡。」

以這句話為開頭，哈帝爾開始說起過去的事。

雖然從外表上很難看得出來，但哈帝爾也跟一般人一樣，對於力量有著強烈渴求。從小就生存於家族陰影之下的他，非常清楚力量的重要性。

無與倫比的天賦，以及追求力量的堅定意志──哈帝爾滿足了聆聽魔王召喚的頭兩個條件。接著他在亡者之檻證明他擁有第三個條件，也就是運氣，最後來到這座殿堂。

一同出現於此的，還有另外兩人。

傑諾．拉維特。

夏卡．巴魯希特。

當時三人分別占據了殿堂的三個角落，並且互相提防。這也是當然的，在陌生的地方遇到陌生的人，自然要加倍小心——尤其是在發現自己無法在這裡調動魔力的時候。

三人沉默地對峙許久，最後傑諾率先開口自我介紹，並說明自己為何而來。既然有人起了頭，哈帝爾與巴魯希特也就順勢響應。

就在這時，他們三人腦中響起了與夢中聽到的召喚聲一模一樣的聲音。

那道聲音的真面目，正是歐蘭茲的魂魄。

對於應該在百年前就被消滅的魔王仍活在世上一事，三人全都嚇了一跳。後來聽到歐蘭茲打算將所有的力量與知識留給他們時，更是讓他們驚訝不已。

不過哈帝爾決定退出。

當哈帝爾表示他對魔王之力沒有興趣的時候，傑諾與巴魯希特的表情非常有趣，接著神色流露出濃厚的不信任感。

哈帝爾能夠理解他們為什麼會有這種反應，但他認為自己沒有必要向他們解釋，他採取了更加實際的行動，也就是轉身離開。至於另外兩人想怎麼解讀他的行為，他沒義務也沒興趣去管。

哈帝爾之所以可以如此灑脫地放棄，是因為他與另外兩人的立場不一樣。

哈帝爾當時正處於魔法師的快速成長期，未來無可限量。但傑諾與巴魯希特不同，他們失去了大部分的力量，魔王之力是擺脫困境的唯一希望。

除此之外，哈帝爾對於魔王之力懷有強烈的疑心。

幼年的苦痛經歷告訴他，這世上沒有憑空掉下來的好事，就算是路邊的乞丐，也必須付出相對應的時間與勞力才能得到他人的施捨。抵達此地雖然極不容易，但那份艱苦跟名為魔王之力的獎品比起來，也未免太微不足道了。因此哈帝爾斷定，一旦接受魔王之力，必定需要付出某種巨大代價。

傑諾與巴魯希特都是聰明人，他們當然也想到了這些事。只是兩人迫切需要力量，因此明知這是有毒的糖果，也只能硬吞下去。

就這樣，哈帝爾退出了競爭。

哈帝爾回到亞爾奈後，憑著自己的力量與智謀打垮了父親的家族，然後成為亞爾奈三公爵之一。不久之後，他收到了巴魯希特的來信。巴魯希特聲稱自己正在雷莫皇長子阿瑪迪亞克麾下做事，希望與他合作，一起打垮莎碧娜．艾默哈坦。哈帝爾認為這個提案不論於公於私都沒有壞處，因此建議女王出兵，並獲得其餘兩位公爵的支持。

在哈帝爾看來，這次的軍事行動沒有失敗的理由，但亞爾奈最後卻失敗了。

理由全出在一個人身上，那就是傑諾．拉維特。

得到了魔王之力的傑諾強得令人恐懼，甚至能以一己之力擋住亞爾奈的大軍。經此一役，哈帝爾開始重點關注傑諾與巴魯希特兩人，全力收集有關他們的情報。

隨著情報的累積，哈帝爾越來越相信他當初的決定是對的。

魔王之力的確可怕，就連哈帝爾都有些心動。但傑諾與巴魯希特的怪異行徑，足以抹滅他對魔王之力的興趣。

那份異常就是——傑諾與巴魯希特太過低調了。

根據情報，這兩人過去並非什麼謙遜之輩。既然如此，為何在得到魔王之力後，竟然還會甘於屈居人下，收斂鋒芒？這太不合理。人的本性不是那麼容易就能改變的，何況還是兩個人一起改變？

如果這是因為魔王之力的影響，代表傑諾與巴魯希特受到了某種程度的操控。想到這裡，哈帝爾對魔王之力便失去興趣。在那之後，發生傑諾以王位為賭注向莎碧娜提出挑戰的叛逆事件，這讓哈帝爾更加確信魔王之力非常危險，並慶幸當初沒有參與競爭。

「……只是，出現了令人討厭的意外。」

哈帝爾說到這裡停了下來，並且雙眼直視莫浩然，似乎是在暗示：「話說到這裡，妳也該猜到那個『意外』究竟是什麼了吧？」

「魔王的力量……流到你身上了嗎……？」

莫浩然訝異地問道，哈帝爾輕輕點了點頭。

「魔王之力無視我的意願，擅自流入我的體內。由於這股力量並不完整，我開始對傑諾．拉維特的死亡起了疑心。」

巴魯希特已經失去繼承資格，若是傑諾真的死亡，魔王之力應該全數流到哈帝爾身上，哪怕他再怎麼抗拒也一樣。然而，實際上的情況卻是哈帝爾只繼承到一部分，於是他立刻猜出傑諾沒死。哈帝爾擁有魔王的部分知識，知道傑諾八成是被關入無盡虛空之中，唯有那裡，魔王之力無法流入。

「——但是，這就產生了一個問題。」

哈帝爾伸出食指。

懂得「虛空封禁」這個魔法的人，只有繼承魔王之力的哈帝爾等三人。莎碧娜是如何用它來封印傑諾的？

「答案只有一個——拉維特把它教給了艾默哈坦，讓自己被封印。換言之，這是他們兩人合演的一齣戲。至於理由可以有很多，不過最有可能的，還是傑諾打算在保持自我的情況下使用魔王之力而做的準備吧。」

「……為什麼你會覺得他們是在演戲，而不是莎碧娜暗算他？」

「因為銀霧魔女沒有勝算。」

哈帝爾斬釘截鐵地回答。

同樣擁有魔王之力的他，非常清楚這股力量有多強大。就算是王級魔法師，依舊不是魔王之力的對手，哪怕是不完整的魔王之力也一樣。至於暗算之說更加可笑，傑諾擁有魔王的知識，很清楚虛空封禁的弱點與限制，不可能乖乖踏入陷阱裡面。

既然力量與知識都不占優勢，那麼莎碧娜的勝利只可能是傑諾拱手讓出來的東西。

「拉維特的自我封印只意味著兩種可能——他找到了對付魔王之力的方法，或是絕望之下的自我放逐。不過根據艾默哈坦後來一連串的動作，我認為應該是前者。」

「……她做了什麼嗎？」

「她以建造特殊監獄為煙幕，調動了大量的資源與金錢。事實上只有一小部分用在建築工程上，其他部分都被她秘密挪用了。同時，雷莫境內知名的魔導技師有好幾人失蹤，全都是用『被叛亂分子殺害』這種彆腳的原因結案——而且大部分都被算到了晨曦之刃頭上。」

「……你可調查得真清楚。」

「我有優秀的部下。」

哈帝爾語氣淡然地稱讚自己麾下的影伏部隊。莎碧娜在做這些事情的時候必定保密到家，然而影伏還是能夠刺探到這麼多消息，這支特殊部隊的能耐由此可見一斑。

「而妳的出現，也讓我對拉維特事先有所準備一事更加確定。」

「我？」

沒想到話題會突然轉到自己身上，莫浩然呆了一下。

「雖然背負通緝之名，但艾默哈坦卻一直因為妳的行動而受益。妳搶奪魔王寶藏，但如果不是妳，那處寶藏早就落入巴魯希特手中。明明展現出強大的實力，雷莫追捕妳的強度卻沒有上升，也沒有露出招攬的意圖，簡直可以說毫無作為。不過——」

講到這裡，哈帝爾稍微頓了一下。

「——如果妳是傑諾準備的保險，那麼這一切就能夠解釋了。有些行動無法透過組織的力量加以執行，而那些行動就由妳負責。艾默哈坦在明，妳在暗，為了拉維特的計畫做準備。」

莫浩然啞口無言，心中升起了佩服與荒謬的感覺。

姑且不論過程與細節，單就結果來說，哈帝爾猜中了大部分的事實，錯的只有對桃樂絲這個人的判斷而已，可是也並非全錯，因為桃樂絲這個人的確跟傑諾有關聯。

但是，哈帝爾完全搞錯了一件事。

那就是傑諾壓根不知道什麼對付魔王之力的方法。

正當莫浩然準備指出哈帝爾的錯誤時，傑諾搶先一步說話了。

「答應他，不然不知道他會做出什麼事。」

（原來如此，緩兵之計嗎？）

莫浩然自認把握了傑諾的想法。哈帝爾既然來到這裡，還把巴魯希特的腦袋當作見面禮，當然不可能空手而回。就算老實跟他說他弄錯了，恐怕他也不會相信吧？

「我知道了。那麼可以請你解開魔法，並且讓開嗎？等我把傑諾放出來之後，就把那個方法交給你。」

「那可不行。」

「咦？」

「我無法確定拉維特沒有受到歐蘭茲的操控。他在被封入虛空前就受到歐蘭茲的影響，經過三年，沒人能保證他是否還保有自我。要是放出來一個魂魄被歐蘭茲吃掉的拉維特就糟了，我沒有制伏他的把握。」

「……所以？你想怎麼做？」

「直接將那個方法交給我。我可以跟妳簽訂契約，以真名立誓，只要確定那個方法有效，我會立刻率軍退出雷莫，並且保證三年之內亞爾奈都不會對雷莫用兵。」

「這種事、做得到嗎？」

「我本來就是為了得到那個方法，才會答應巴魯希特促成這場軍事行動。既然目的完成了，自然沒有繼續在這個國家浪費時間的必要。」

哈帝爾這番話可謂狂妄至極，幾乎視亞爾奈的女王與其他兩位公爵於無物。然而他既然敢提出這種條件，就代表他有將這些話付諸實現的自信，甚至已經做好了實現此一宣言的準備。

（喂喂喂，這下子該怎麼辦啊？）

莫浩然心中焦慮不已。他真想直接跟哈帝爾大喊：「不，那傢伙的精神狀態很正常哦！這點我可以保證，因為我每天都被迫聽他的廢話，一點也不覺得那傢伙變成了魔王什麼的。」然而空口無憑，想必對方不會相信吧。

（……嗯？等等？）

就在這時，莫浩然靈光一閃，然後輕聲說道。

「……喂，傑諾，你乾脆露面跟他談談怎麼樣？」

頭上的大法師發出「唔嗯？」的聲音。莫浩然越想越覺得這是個好點子，於是語速加快地說了下去。

「你原本不是一隻狗嗎？變回那個樣子跟他交涉吧。你們兩個不是都想對付魔王之力嗎？為什麼不乾脆合作算了？」

如果哈帝爾跟巴魯希特一樣是個覬覦魔王之力的狂人，傑諾一現身就會被幹掉，但現在剛好相反。既然兩人都想擺脫魔王之力的陰影，那麼聯手也不是不可能的選擇。

更重要的是，像現在這種類似傳話遊戲一樣的狀態實在太煩人了。前一分鐘還沉浸在即將回歸故鄉的感傷，下一分鐘就被捲入了旁人的問題，這種感覺實在令人鬱悶。雖說有些無情，但這是傑諾自己應該處理的問題，莫浩然實在不想奉陪。

「……嗯哼，你偶爾也能想出不錯的點子。」

兩秒之後，傑諾發出令人不知是稱讚還是諷刺的感嘆。

「不過很遺憾，這樣做風險反而更大。要說理由的話，就是沒人能保證克拉倫斯．哈帝爾說的是實話。如果他剛才是在說謊呢？如果他的目的其實是想殺了我，好獨占魔王之力的話呢？」

「這……」

傑諾說得不無道理。

「怎麼樣？妳一個人在那邊喃喃自語也夠久了。對於我的提議，妳的答案是？」

哈帝爾出聲催促。

「那個……假設、我是說假設哦……要是我反對的話呢？」

「……那就在這裡把妳打倒，然後繼續揮軍進攻。我要的東西很可能就藏在黑曜宮裡面，只要打下巴爾汀，一樣可以達成目的。只是這個方法很花時間，再怎麼樣也要耗費一年以上，我不是很喜歡。」

「嗚啊……」

果然是這樣的回答。

（這下子該怎麼辦才好？）

答應也不是，拒絕也不是，所謂的進退兩難指的就是這種情況吧。

（要打嗎？可是……不，沒有勝算吧……）

看了一下仍然被固定在原地的其他人，莫浩然對於開戰的結果不抱希望。雖然紅榴的表情鬥志十足，零也一直散發著隨時準備要衝上來的氣勢，但面對公爵級——甚至身懷部分魔王之力——的對手，很難期待我方獲得勝利。

（果然還是沒有勝算……是說伊蒂絲怎麼突然變得那麼安靜？不，現在不是想這些的時候……）

就在莫浩然不知如何是好之際，傑諾的聲音將他拖出了煩惱的泥沼。

「……沒辦法，就告訴他吧。」

「咦？」

「雖然多少還是有些風險，但事到如今也只能賭一把了。」

「咦？咦咦？」

莫浩然大吃一驚。

（你竟然真的知道處理魔王之力的方法？這怎麼可——啊，是這樣嗎？隨便瞎編一些話，總之先把對方騙過去再說？）

「怎麼了？有什麼人在對妳說話嗎？」

哈帝爾突然露出警戒的神色，眼神銳利地掃視四周。這是因為莫浩然剛才沒能掩飾住自己的驚訝，被對方看出了不對勁。

「不，沒有——」

莫浩然說到一半，便在傑諾的提示下改口。

「——只是聽到一些讓人嚇一跳的事情而已，來自傑諾·拉維特的。」

拙劣的謊言或演技一下子就會被看穿，對接下來的交涉反而不利，尤其是面對克拉倫斯·哈帝爾這種等級的智謀之士，倒不如在這時說出部分事實。

「傑諾·拉維特？」

哈帝爾聞言皺起眉頭，不過很快又鬆開了。

「……原來如此。他被封印在這裡，心訊之型之類的魔法的確可以穿過魔力節點與他取得聯繫，不過沒想到妳竟然會那種冷僻的魔法……也罷，那麼，他的回答呢？」

「他說願意交出那個方法。」

「明智的選擇。」

「既然如此，剛才的條件可以更改一下嗎？他說想早點出來。」

「那可不行。我說過了，無法保證他的心智沒有受到歐蘭茲的影響。」

「這麼說的話，你不也一樣嗎？你也擁有魔王之力，誰能保證你沒有受影響？嘴巴一直說不要魔王之力什麼的，或許心裡其實想得要命呢。」

「真是如此，我只要殺了他就好，何必跟妳在這裡廢話？」

「不正是因為殺不了嗎？你剛才自己也說了，沒有打贏他的把握。」

「我可以操縱封印，讓他直接死在虛空裡，那樣一來，魔王之力不就是我的了？之所以不這麼做，就是因為我對它沒興趣。」

「不對，你做不到。巴魯希特並沒有完整繼承虛空封禁這個魔法的知識，既然你的魔王之力是從巴魯希特那邊得到的，那你也一樣對這個魔法一知半解。除非你像巴魯希特一樣努力鑽研，憑自己的力量破譯它，不過這個機率應該很小吧。」

「……」

「還有一個更簡單的作法，就是威脅巴魯希特交出控制封印的方法。但以巴魯希特的個性，他恐怕死都不會交給你。你明明知道傑諾．拉維特被封印在這裡，卻什麼都沒做，理由其實很簡單——因為你什麼都做不了。」

傑諾與哈帝爾快速進行著令人喘不過氣的言語攻防。莫浩然一邊居中傳話，一邊暗自感嘆傑諾的反應之快，竟然能在這麼短的時間內想到這麼多事，腦袋好的傢伙果然令人羨慕。

莫浩然的學校成績雖然不錯，但那是投注時間與精力就能得到的東西，只要擁有平均水準的智商，大部分的人都做得到。

哈帝爾冷冷地瞪著莫浩然，空間籠罩著令人難受的沉默。

「……你想怎麼樣，傑諾．拉維特？」

哈帝爾的口氣鬆動了。莫浩然繼續轉達傑諾的意思。

「再僵持下去事態也不會好轉，各退一步吧，克拉倫斯．哈帝爾。以真名約定雙方不互相攻擊，然後放我出來，我會將那個方法交給你——而且是確實有效的方法。」

「……你先說說看那是什麼樣的方法。」

「擔心我會騙你嗎？好吧。簡單的說就是將歐蘭茲的靈魂轉移到其他東西上面。」

「轉移……？」

哈帝爾的眉頭再次緊皺。

「不可能的。雖然歐蘭茲的確擁有轉移靈魂的技術，但是一直到他死亡之前，都沒能開發出承載靈魂的封閉式容器。魔力與世界互為表裡，就算把魂魄轉移到木石上，最終還是會回歸世界，而歐蘭茲的靈魂早已嵌入世界之中。你這麼做只是把舀起來的水倒回湖裡。如果是用人類或怪物，只是真的把歐蘭茲放出來而已，那麼做沒有意義。」

如果是以前的莫浩然，必定會聽得一頭霧水。然而因為記憶逆流的關係，他發現自己聽得懂哈帝爾究竟想要表達什麼。

在傑洛，魔力支配一切。

生物一旦死亡，魂魄就會被世界的魔力蒸發掉，化為最基本的元質粒子。因此傑洛並沒有轉世輪迴之類的概念。魔法師們很早以前就發現了靈魂、世界與魔力的關係。這也是傑洛的人類之所以缺乏宗教信仰的原因——死亡的秘密早已被破解。

不過歐蘭茲即使肉體消亡，魂魄卻依舊留存於世。究其原因，在於他用絕代魔力將靈魂嵌入世界之中，讓世界誤以為它是自身的一部分。換句話說，歐蘭茲欺騙了世界。

如果用地球的說法，歐蘭茲變成了跟幽靈一樣的東西。

以靈魂的姿態存活下來的歐蘭茲，可算是不老不死的存在。

然而就像地球的幽靈一樣，沒有肉體的歐蘭茲什麼都不能做。將自身嵌入世界的他沒辦法自由活動，否則世界將會識破他的騙術。

歐蘭茲需要一個能夠承載靈魂的容器。

沒有靈魂的無機物不行，那種東西不具有保護靈魂的效果，也就是所謂的開放式容器，可一旦進入無機物裡面，就會被世界的魔力蒸發掉。所以必須是生物，而且是靈魂足夠強大、能夠駕馭魔力的生物，那樣的生物才有辦法承載歐蘭茲的靈魂，如果體魄孔武有力的話就更完美了。

就這點來看，七級以上的怪物無疑是最好的選擇。但基於過去的執念，歐蘭茲還是偏好人類的身體。

這座殿堂其實是巨大的靈魂轉移紋陣。透過紋陣，歐蘭茲將靈魂轉移到因為聽見他的呼喚而來的人類體內。然後一點一點地，在不被世界察覺異常的情況下轉移魂魄，這個過程至少要花費以年為單位的時間。

所謂「繼承魔王之力」，就是這樣的一個騙局。

傑諾的提案是，將他與哈帝爾體內的魔王魂魄轉移出去。這個作法很合理，但問題在於容器。

木石之類的東西無法成為選項，符合資格的只有七級以上的怪物或是人類魔法師。但要是這麼做，等於是將魔王重新釋放出來，百年前的慘劇必然再次重演，屆時誰都逃不了。

用紋陣或各種物理手段囚禁作為容器的對象，然後轉移靈魂，事後再將其擊殺或封印——這樣的方式最為理想，但也最不可能實現。

正因為擁有魔王之力，所以才能知道歐蘭茲究竟是多麼犯規的存在。歐蘭茲百年前之所以會敗亡，是因為他一口氣與所有人類為敵。反過來說，如果沒有辦法重現百年前人類諸國齊心合力的資源、力量與技術，制伏歐蘭茲就只是一句空話。

一開始或許會很順利，但隨著靈魂轉移比率的提高，容器的力量也會越來越強，最後掙脫束縛吧？這樣的策略就跟慢性自殺沒兩樣。

不只是哈帝爾，就連莫浩然也覺得這個計畫簡直就是把人當白痴，心想：你要騙人麻煩準備更好一點的說詞行不行啊！

「——有哦。能夠承載歐蘭茲的靈魂，但是不讓他為所欲為的容器，確實已經開發出來了。」

然而傑諾卻用肯定的語氣說出令人難以置信的話。

「真的？在哪裡？」

「再下面的內容就是機密了，可以確定的是，那樣的容器的確存在。正如你之前說過的，莎碧娜·艾默哈坦秘密的在魔導科技上耗費了大量金錢與資源，並且得到了相對應的回報。」

莫浩然真想捂臉嘆氣，在他聽來，地球的詐騙電話還比傑諾的說詞可信許多。然而令莫浩然意外的是，哈帝爾竟然露出了深思的表情。

（喂喂，不會吧？這種說詞你也信？你好歹也是一個公爵，有沒有這麼好騙啊……可是……都說要簽真名契約了……莫非、真的有……？）

就連莫浩然都不敢確定傑諾所言是真是假了。

莫浩然從傑諾那邊接收到的資訊，絕大部分都是以前的事。更準確的說，逆流的記憶只到傑諾被封印之前。如果說傑諾在那之後又發現了什麼，莫浩然是無從得知的。

「……可以。你的提議，我接受了。」

「真的？」

「當然。確實，再僵持下去沒有意義，各退一步是最好的解決方式。」

經過短暫的深思，哈帝爾那明晰的頭腦已經從各種角度分析了傑諾說詞的真偽，並且想好了對應的手段與修正計畫。他的結論是：值得一試。

見到哈帝爾同意，莫浩然也鬆了一口氣。

「那麼──」

哈帝爾的話語被「噗滋」的聲音所打斷。

那道聲音很輕，其中所蘊含的不祥之意卻異常沉重。

哈帝爾低下頭，視線移到了自己的腹部。那裡被開了一個拳頭般的大洞，紅色的鮮血有如湧泉般從傷口之中流出。

哈帝爾用手壓住傷口，然後緩緩轉頭，用苛責般的眼神望向某個方向。莫浩然比哈帝爾更早轉頭，他的表情充滿了驚訝。

兩人的視線停留於正平舉右手、有著異色雙眸的銀髮女子身上。

發動攻擊的人，正是伊蒂絲。

「伊、伊蒂絲——？妳幹什麼？」

莫浩然總算從驚愕中回過神來，並且大聲質問她為何這麼做。

伊蒂絲只是冷漠地看了他一眼，接著以行動回答這個問題。

「——唔！」

莫浩然閃過了突然狙擊自己的光彈。

多虧這段時間的歷練，他的身體與神經已經對危險變得非常敏感。當他看見伊蒂絲的右手移向自己時，便反射性地發動瞬空之型向旁一躍，事實證明他的反應是正確的。

「妳在搞什麼鬼，伊蒂絲！」

莫浩然的聲音染上了幾分焦躁，伊蒂絲的反常行為讓他感到不安。就在這時，傑諾的聲音在耳畔響了起來。

「穿弓之型？怎麼會？」

莫浩然心中一凜。伊蒂絲不是只會用鎖縛之型而已嗎？為什麼剛才突然會用其他魔法了？

就在這時，數量龐大的光球群照亮了莫浩然的臉孔。

「我靠！」

莫浩然大罵一聲，然後連忙逃命。伊蒂絲的暴雨之型不僅威力十足，而且完美的覆蓋了莫浩然周遭的空間。莫浩然閃過許多光彈，卻也被更多光彈所擊中。幸好這個身體免疫魔力攻擊，否則他早就被轟成飛灰了。

看見明明遭到光彈轟炸，卻依舊挺立於煙塵中的莫浩然，伊蒂絲微微皺眉。

「住手！毒草人妳在幹嘛啊！為什麼要攻擊小桃桃？妳腦子壞掉了嗎？」

一旁的紅榴大聲叫喊。

就在這時，紅榴突然發現綁住自己的無形之索消失了。她來不及細想，大吼一聲衝向伊蒂絲。一道黑影緊緊跟隨在獸人少女後面——零也跟著衝了上去。

兩人的速度迅如疾風，但在距離伊蒂絲僅數步之遙時，鐵拳與鋼刃硬生生停住了。

依舊是鎖縛之型。

先前哈帝爾見到紅榴的反應，當機立斷解開了他的鎖縛之型，而現在換成伊蒂絲發動鎖縛之型困住了兩人。

伊蒂絲伸出雙手，掌心分別對準零與紅榴。下一瞬間，白灼的毫光將兩人吞沒。

零與紅榴被穹弩之型轟飛，雙雙倒退出去，直到撞上牆壁才停了下來。零的面具碎裂，露出了酷似莎碧娜的姣好容貌，紅榴也同樣灰頭土臉。

「……高等魔力抗性的衣料已經發明出來了嗎？」

見到這兩人沒有當場死亡，伊蒂絲不禁喃喃自語。

零與紅榴正面遭到穹弩之型的攻擊，但衣服卻沒有燒毀的原因，正是因為她們的衣服是用特殊材質編織而成，不僅輕韌堅固，還可以抵抗一定程度的魔力攻擊。零的軍用大衣原本就有這個效果，莫浩然與紅榴的衣服則是札庫雷爾好心幫他們準備的。

「不過就算擁有優秀的裝備，也不可能完全抵銷穹弩之型的威力……嘛，獸人就算了，那個種族的身體一向強壯得莫名其妙，但這個黑頭髮的又是怎麼回事？正面受了我的一擊，竟然還站得起來？就算外表無恙，骨頭與內臟也該變得一塌糊塗了才對。」

接著伊蒂絲的視線落到莫浩然身上。

「妳也一樣……剛才那個不像壁壘之型，是新型的魔法嗎？我不在的這段期間，人類社會似乎有點進步了嘛。」

「伊蒂絲，妳……？」

莫浩然既緊張又困惑地看著伊蒂絲。

「伊蒂絲？這個身體的名字嗎？啊啊……原來如此，我還想說為什麼這麼湊巧呢。這真是令人高興的誤算，以為是垃圾的東西，竟然變得這麼有價值。」

伊蒂絲輕笑著。那個笑容非常美麗，其中卻充滿了某種難以言喻的東西，令人心生寒意。

接著伊蒂絲收斂笑容，轉頭看向哈帝爾。

「不用浪費力氣了。這個地方的魔力全都在我的支配之下，雖然你有我的印記，但我的優先順序比你更高。對我使用鎖縛之型只是浪費力氣。」

「妳——」

不知是因為腹部傷口的劇烈疼痛，還是因為伊蒂絲的話語，從現身以來一直以冷靜表情示人的哈帝爾，臉孔終於出現了扭曲。

「——究竟是誰？」

「嗯？想不到嗎？從你們剛才那番狂妄的對話來看，你應該不是這麼遲鈍的角色才對。還是說，痛苦讓你的思考力下降了？」

伊蒂絲發出輕笑。

然後，她說出了令在場眾人表情為之凍結的答案。

「我就是歐蘭茲（OREZ），立誓顛覆傑洛之人（ZERO）。」

終末日 04
歐蘭茲

殿堂被異樣的寂靜牢牢包覆住。

當伊蒂絲宣告自己的身分後，某種冰冷的氛圍瞬間支配了此地，讓人感到脊椎發冷。

「你是怎麼出來的？」

忍受著腹部的劇痛，哈帝爾發問了。

眼前的情況荒謬無比，但他比任何人都更快接受現實。

「我說過了，這是令人高興的誤算。」

帶著看起來心情很好的微笑，伊蒂絲回答了他。

「本來想看看你們到底要玩什麼把戲，沒想到竟發現了一具很不錯的身體。更妙的是，這具身體還是我以前做過的失敗品。命運這種事，還真是讓人看不透呢。」

說完，伊蒂絲「咯咯」笑了兩聲。

「失敗品？」

哈帝爾皺起眉頭。由於失血與疼痛的關係，他的額頭滿是冷汗，臉色變得蒼白。

「……魔力傀儡？永恆之軀？不對，你明明沒有成功。」

永恆之軀——歐蘭茲為了獲得理想的身體所做的實驗。

數百年來，歐蘭茲靠著不斷轉移魂魄、奪取他人身體的方式而存活。這個方法有一個明顯的缺點，那就是一旦身體壞滅了，很難立刻找到另一具適合的身體。歐蘭茲必須花費至少數年，甚至十幾年的時間才有辦法等到能夠聽見他的呼喚的人。

歐蘭茲擁有近乎無限的時間，但他討厭這種無益的等待，因此萌生了何不自己親手製造一具理想身體的想法。

但是，那並不容易。

雖然歐蘭茲擁有舉世無雙的魔力，魔導技術也比任何人都高明，卻始終無法做出能夠承載自身靈魂的優秀容器。歐蘭茲為了這項實驗耗費了莫大的時間與資源，但直到他敗亡前，這個實驗依舊沒有成功。

「是沒有成功。我做了四十六具身體，試著各種方法與材料，可是沒有一具能夠起到保護靈魂的效果。可是，你們代替我成功了——而且還特地把它帶到我面前。」

伊蒂絲邊說邊看著自己的右手。

「這具身體我有印象……是尼米涅茲吧？看來你們找到我以前的實驗倉庫了。雖然偷取了我的技術，但能夠改良成功，還是不得不稱讚你們。」

哈帝爾看了莫浩然一眼。

莫浩然的臉色鐵青。

歐蘭茲的猜測並不完全正確，伊蒂絲並非被後代的魔導科技學者所改良，而是名為偶然的產物。然而，將伊蒂絲帶到這裡來的是莫浩然，換言之，他等於間接幫了歐蘭茲一個大忙。

「好了，還有什麼想問的嗎？為了感謝你們為我準備的身體，在殺光你們之前，我會盡其所能回答你們的問題。」

體。

伊蒂絲——不，應該說是歐蘭茲笑著說道。他的這句話讓所有人全都忍不住繃緊身體。

沒有人開口。

緊張的氣氛像是被拉到極限的弓弦，隨時都會斷裂。

「……你會出現就表示……傑諾．拉維特的方法是有效的，對吧？」

開口的依舊是哈帝爾。

他的聲音微弱，臉色變得更差了。他不知用了什麼方法，使傷口停止流血。然而失去的血液不會回來，他的狀況看起來衰弱至極。

「這個嘛，誰知道呢？」

歐蘭茲微微歪了一下頭。

「我不知道你們準備了什麼樣的容器，自然也不知道那個方法會不會有效。只是，危險最好在還是幼苗的時候就拔掉。雖然不是沒有阻止你們的辦法，但既然剛好有適合的身體，我自然會選擇最快的方法。」

「你侵占那具身體的速度未免太快了……你其實可以用同樣的速度侵占我們的身體不是嗎？」

「不，沒辦法哦。因為這個身體當初就是我為自己特別設計的，占據起來當然特別容易……嘛，告訴你們也無妨，秘密在於靈魂哦。只要置入有缺陷的靈魂，整個過程就會變得很簡單。不過速度方面就沒辦法了，要是轉移得太急，可是會被世界發現的。」

歐蘭茲回答得非常爽快，而且詳細到近乎多餘的地步。

那是自信的證明。

反正你們一定會死，就算全都告訴你們也沒關係——這樣的態度顯而易見。

「沒什麼要問的了嗎？那麼——受死吧。」

歐蘭茲的聲音變得冷酷。

下一瞬間，整座殿堂的空氣彷彿凍結了。

同時，歐蘭茲的四周出現了難以計數的耀眼光芒。

鎖縛之型加上暴雨之型，非常基礎的魔法戰術組合。但是根據施術者的不同，再基礎的東西也可以變得非常致命。

就在這時——

「嗚啊啊啊啊啊啊啊！」

「鎧化回路、解放。」

在光之暴雨降臨的同時，響起了兩道聲音。

伴隨著怒吼，紅榴的豎瞳化為金色，臉頰浮現花紋。零的身體爆發出巨大的魔力，整個人被強烈的光芒包覆住。

「嗯？」

游刃有餘的表情從歐蘭茲臉上消失了。

兩道黑影撕開了光之暴雨，有如疾風般衝向歐蘭茲。歐蘭茲立刻抬起雙手發動魔法，他的反應不可謂不迅速，但對手的速度比他更快。眨眼間，零與紅榴的攻擊已經來到他的面前。

「哼！」

劍與拳被擋了下來。

歐蘭茲及時發動了壁壘之型，他面前彷彿有一面看不見的牆壁，攔住了零與紅榴的攻擊。

但是——

「什麼！」

就在歐蘭茲驚訝的目光下，零與紅榴揮出第二擊。看不見的牆壁出現了裂痕。因為訝異，歐蘭茲的反應慢了一拍。就在這一秒以上、兩秒未滿的時間裡，第三擊來了。

空間中響起了某種東西破碎的聲音。

斧劍與踢擊突破了無形的壁壘，襲向歐蘭茲。

但是，沒有打中。

歐蘭茲閃電般飛上空中，躲過了零與紅榴的攻擊。兩人立刻追擊，她們很清楚，近身戰是對付魔法師最有效的方法之一。

紅榴雖然不會飛，但是她擁有足以跳到天花板的可怕爆發力。歐蘭茲閃過了紅榴那媲美炮彈的衝撞，沒想到紅榴竟然以天花板為踏板用力一蹬，再次衝了過去。

如果只是這種直來直往的單純攻勢的話，歐蘭茲有很多辦法可以輕鬆應對，但麻煩的是，旁邊還有一個能在空中戰鬥的零。在兩人聯手下，歐蘭茲一時間竟然找不到反擊的機會，只能採取守勢。

「你還好吧？」

莫浩然對被壓在他身下的哈帝爾問道。

剛才歐蘭茲發動攻擊的時候，傑諾突然出聲要他保護哈帝爾。雖然不知道理由，但莫浩然還是照做了。

「……還沒死。」

哈帝爾一邊喘氣一邊回答。因為剛才被莫浩然撞了一下的關係，傷口又開始流血了。哈帝爾用手壓住傷口，流血的情況以肉眼可見的速度迅速減緩。

「這個……難道是治療的魔法？」

莫浩然見狀大感驚訝，不是說這個世界沒有治癒魔法這種東西嗎？

「只是用魔力堵住血管而已。」

哈帝爾一邊忍著劇痛一邊說道。

「……哼，歐蘭茲說支配了這裡的魔力，看來也不盡然。恐怕其中隱藏著什麼秘密。」

如果真的支配了此地的魔力，哈帝爾應該無法調動魔力止血才對。同樣的，零也不可能浮在空中，莫浩然也無法用瞬空之型及時救下哈帝爾。不過可以確定的是，他擁有某種讓魔法無效化的手段，但那必定有其限制，否則歐蘭茲當年也不會被人擊敗了。

這時哈帝爾突然想起來，以前初次來到這裡的時候，自己的確無法使用魔法，但現在卻可以，其中的差別又在哪裡呢？唯一能想到的，就是實力的差別了。當年的哈帝爾只是伯爵，如今的他則是公爵，或許歐蘭茲的壓制只對某種位階以下的魔法師有效。

（……莎碧娜的替身有魔操兵裝，所以可以突破壓制……那桃樂絲呢？她應該不如我……所以，是侯爵級嗎？還是說，較弱的公爵級？）

哈帝爾一邊思索一邊處理傷口，做完緊急處理後，他望向莫浩然。

「妳想到什麼辦法了嗎？否則沒有救我的必要。」

即使處在如此危急的情況下，哈帝爾的思考依舊冷靜敏銳。莫浩然沒有必要幫一個身負重傷、而且不久之前還敵友難辨的人，但既然莫浩然這麼做了，必定有其理由——例如讓他幫忙對付歐蘭茲。

「靠，你也不知道嗎？是傑諾要我救你的，他還想問你有什麼辦法哩！」

「那個女人是妳帶來的，妳應該知道些什麼才對，像是弱點。」

「弱點？」

莫浩然愣了一下。

伊蒂絲有什麼弱點嗎？他努力回想。

伊蒂絲的身體是用魔力植物尼米涅茲做成的，不吃不喝也能存活；沒有體力方面的問題，活動再久也不會累；傷口會自動癒合，好像也沒有痛覺……仔細想想，伊蒂絲的身體簡直方便到不行。

唯一可以稱得上是弱點的，恐怕就是那亂七八糟的雙重人格，以及只會用鎖縛之型這兩點而已。但被歐蘭茲附身後，這些弱點也都消失了。

「……不，沒有弱點。」

「這世上不存在沒有弱點的東西。」

哈帝爾用微弱的聲音說道。

「傑諾．拉維特呢？他有什麼想法嗎？要我把他放出來嗎？至少這件事我還做得到。」

這句話讓莫浩然的心跳漏了一拍。

（可以放出傑諾？）

只要放出傑諾，契約就算完成，莫浩然也會立刻回歸地球。屆時魔王復活、世界危機什麼的，再也與他無關。反正哈帝爾也聽不到傑諾的話，只要他在這裡點頭……

莫浩然表情僵硬地舉起右手——然後用力往自己的臉上揍了一拳。

「妳在幹嘛？」

看著突然做出自殘行動的莫浩然，哈帝爾一臉訝異。

「……沒事。」

莫浩然捂著被自己痛毆的臉頰，語焉不詳地回答。

「傑諾說，就算放他出來也沒用。你的力量──屬於歐蘭茲的那部分──是不是正在流失？」

哈帝爾閉上眼睛，然後睜開。

「……沒錯。看來歐蘭茲正在取回他的東西。」

「那就更不能放傑諾出來了。當初歐蘭茲的力量沒辦法流入虛空，反過來說，已經在傑諾體內的力量也沒辦法流回到歐蘭茲身上。要是把傑諾放出來，他的力量也會流回去，歐蘭茲會變得更強。」

「那麼，放跟不放都一樣。殺光我們，歐蘭茲一樣可以自己把傑諾放出來。差別只在於死亡的順序。」

「殺光……不，情況沒那麼糟吧？」

說來有些不可思議，但歐蘭茲看起來確實被零與紅榴壓制住了。看著只能一味防守的歐蘭茲，莫浩然甚至生出了「搞不好會贏」的想法。

「別太小看他了，那可是歐蘭茲。」

然而，哈帝爾一點也不看好眼前的戰況。

「看清楚，那兩人的優勢只是一種錯覺。證據就是，歐蘭茲到現在一點傷也沒有。魔操兵裝是有時間限制的，獸人的體力也不是無窮無盡。相對的，時間拖得越久，流回到歐蘭茲身上的力量也越多。不久之後情況就會完全逆轉，輪到歐蘭茲來殺我們了。」

哈帝爾用冷酷的聲音說出無比絕望的結論。

莫浩然一臉不可思議地看著哈帝爾，心想為什麼這個人到現在還可以這麼冷靜呢？他已經焦急到腦子裡面一片混亂了，眼前的黑髮男子卻用像是在談論晚餐菜單的語氣陳述結局。

「……你、其實已經想到辦法了吧？」

不然的話，無法解釋哈帝爾那異常冷靜的態度。

「只剩下逃跑這條路了。」

莫浩然啞口無言。

「不過，不是簡單的逃跑，必須給歐蘭茲找點麻煩才行。至少，要阻止他取回力量。」

「什麼意思？」

「這就要看傑諾．拉維特的覺悟了。」

「咦？」

就在莫浩然感到疑惑時，傑諾的聲音在腦中響了起來。

「……哼，這傢伙果然是在想這種事情。把我封印的紋陣就設在這座殿堂，只要毀掉它，歐蘭茲就沒辦法把我放出來取回力量，只是以後我回不回得來就很難說了。」

莫浩然忍不住倒吸一口氣。

「小心。」

哈帝爾突然說道，然後壓低了上半身。莫浩然還沒來得及反應，一團黑影便高速掠過他的頭頂，砰磅一聲撞上後方的地面。仔細一看，那團突然飛過來的黑影原來是獸人少女。

「啊……好痛……」

紅榴雙手壓著腦袋，雙眼噙著淚花。

「沒事吧！」

「啊——沒事，只是都打不中毒草人。她變得好奇怪，輕飄飄地、像羽毛一樣。」

紅榴像個沒事人一樣跳了起來。剛才她並不是受到攻擊才飛過來的，而是因為攻擊落空，自己飛出去的關係。

「飄舞……不，是比那更高級的戰鬥技術？不愧是被稱為魔王的人，果然厲害。」

哈帝爾觀察了零與歐蘭茲的戰鬥，然後喃喃說道。

利用移動型魔法與對手保持一定距離的戰法名為「飄舞」，但歐蘭茲現在使用的技巧顯然更高一籌。他沒有辦法甩開零，卻始終讓自己的身體待在零的武器攻擊距離之外，讓人不禁覺得要是他有那個意願的話，隨時都可以直接脫身。

就連莫浩然也看出不對勁了，再這樣下去他們沒有勝算。

「小桃桃，你還在等什麼？快上啊！小零零一個人不夠啦！」

紅榴大聲催促。在她看來，只要莫浩然拿出真正的實力，就能像打倒庫布里克公爵那樣打倒歐蘭茲。

但那是不可能的。

魔法無法傷害歐蘭茲，只有物理攻擊才能威脅到他。然而莫浩然的近身戰鬥技術跟零與紅榴比起來實在差得太遠，要是貿然加入戰圈，反而會送給歐蘭茲脫身的機會。當初他之所以能打倒庫布里克公爵，有一半是運氣使然。

紅榴不等莫浩然回答就再次衝了上去。

然而——

「嗯，已經夠了。」

歐蘭茲發出不帶感情的聲音。

就像是打開了某種開關一樣，整座殿堂的空氣在剎那間改變了。

歐蘭茲開始反擊。

面對迎面劈來的斧劍，歐蘭茲這次不再閃避。

就在歐蘭茲面前，劍刃擅自停了下來。不僅如此，就連斧劍的持有者也跟著停止行動——毫無疑問，這是鎖縛之型。

想要捆住穿著魔操兵裝的零，需要極為巨大的魔力。被迫進行近身戰的魔法師，理論上絕對來不及調動足夠的魔力對付她，然而歐蘭茲卻憑著高超的戰鬥技術做到了這件事。

歐蘭茲將右掌放在漆黑騎士的面罩之上。

「退下。」

閃光炸裂。

漆黑騎士的身體像是炮彈一樣倒飛出去，她的面罩——由高密度魔力凝結而成的、比任何金屬還要來得堅硬的防具——也因為這一擊而碎裂。

零被打飛的下一秒鐘，紅榴的攻擊也從正上方降臨了。但那足以斷岩碎石的一拳，卻被凍結在半空之中。

歐蘭茲伸手捏住紅榴的脖子，將她提到面前。

「我對獸人沒什麼興趣。但既然妳想死，我就成全妳。」

歐蘭茲的手掌發出光芒。紅榴睜大雙眼，全身寒毛倒豎。

（會死！）

這一瞬間，獸人少女清楚地預見自己的下場。

「嗯？」

死亡的鐮刀沒有立刻揮下，因為歐蘭茲被其他東西吸引了注意力。

歐蘭茲以眼角餘光捕捉到一枚正朝著這邊飛旋而來的小圓筒，雖然他覺得這種跟扔石頭沒兩樣的幼稚攻擊完全傷不了自己，但因為丟擲圓筒的人是那名會使用謎樣魔法的白髮少女，所以他還是特地分心，用魔力彈開那枚圓筒。

歐蘭茲完全沒想到，自己犯了一個錯誤。

「什——？」

當歐蘭茲的魔力接觸到圓筒的瞬間，突然感覺到一股巨大的魔力從圓筒內側膨脹開來。

下一秒鐘，圓筒炸裂了！

在歐蘭茲橫行世界的那個時代，並沒有魔彈這種東西。魔彈、浮揚舟，都是近百年來才誕生的新事物。有一種說法是，當年人類四國聯手打倒魔王後，認為有必要強化國力，以防出現第二個歐蘭茲，所以加大了對於魔導科技的投資力度，促使這些新技術問世。

無論這種說法是真是假，唯一可以肯定的是，歐蘭茲沒有見過魔彈。

在這座殿堂裡面，任何魔法都無法傷害歐蘭茲。

這座殿堂是歐蘭茲存放靈魂之處，為了保護自己，他在這裡設下了無數的精密紋陣。在那些紋陣之中，包含了一種名叫「碎法」的紋陣。這個紋陣的作用是強行解除已成形的魔法，使其變回單純的魔力聚合體。歐蘭茲就是利用這個紋陣解除了哈帝爾的鎖縛之型。

只是碎法紋陣在使用時存在諸多限制，並沒有想像中那麼方便。首先，它無法同時解除複數魔法；其次，魔法並非消失，而是解除，因此用來構成魔法的魔力依舊存在，如果不加以引導，這股魔力依舊具有一定的殺傷力。

當閃爆魔彈炸裂開來的那一瞬間，歐蘭茲反射性地以為遭遇到魔法攻擊，因此啟動了碎法紋陣。然而魔彈裡面儲存的並非魔法，而是單純的魔力——而碎法紋陣只能解除魔法。

伴隨著轟隆巨響，灼熱的暴風將歐蘭茲吹飛了。

就在這時，莫浩然衝了出去。他用力抱住同樣被吹飛的紅榴，然後頭也不回地衝向來時的通道，他的後面則緊緊跟著被魔力平臺托住的零與哈帝爾。

「混蛋！」

渾身燃燒著火焰的歐蘭茲揮動右手，用魔力將身上的火焰吹熄，接著他舉起左手對準通道，就在他準備發射魔力彈時，赫然發現另一枚圓筒正在通道門口的地上咕嚕嚕地滾動著。

感受到地面傳來的震動，莫浩然知道自己扔下的魔彈爆炸了。

莫浩然打從心底感激札庫雷爾，要不是他的慷慨饋贈，恐怕自己找不到逃脫的機會。

「小桃桃……？」

懷中的紅榴發出虛弱的聲音，莫浩然用眼角餘光看了她一眼，發現她的身體有多處燒傷，就連以抗魔材質織成的衣服也同樣嚴重破損。

雖然傷勢不輕，但在近距離內承受魔彈的爆炸，還能活著就已經是萬幸了吧。也只有獸人這種體魄強韌的種族才做得到這種事。

看到紅榴的慘況，莫浩然心生歉意，但那時他沒有其他辦法可想。

「不要說話，小心咬到舌頭！忍耐一下，我一定會救妳們出去！」

莫浩然用堅定的聲音說道。

他就這樣拖著三個人，以驚人的速度在通道裡面奔馳著。在魔法的幫助下，他的時速將近五十公里，如果不是擔心撞到牆壁，這個數字可以更高。

手中的魔彈還剩下兩枚，莫浩然故意在轉彎處扔下一枚，剩下一枚則作為最後的王牌。

曲折的通道很快就抵達盡頭，當初進來的房間已在眼前。

就在這時，背部突然湧起一股寒意。

巨大的危險，正從後方快速逼近。

（追來了！）

莫浩然拖著眾人進入房間，然後將魔力注入機關。地面開始發光，準備將眾人傳送出去。

但是，太慢了。

時間像是被什麼東西拉住了一樣，每一秒鐘都令人覺得無比漫長。

比起傳送的光芒，從通道彼端追來的氣息速度更快。

留在通道裡面的魔彈沒有爆炸，恐怕是被歐蘭茲處理掉了吧。照這樣看來，最後一枚魔彈大概也派不上什麼用場。

「快啊快啊快啊快啊——！」

莫浩然一邊帶著焦急的心情不斷呢喃，一邊詛咒這個傳送紋陣為何如此溫吞。

抬頭望向門口，已經可以看見歐蘭茲逼近的身影。

再這樣下去，眾人恐怕還是逃不掉吧？領悟了這點的莫浩然拔出武器，心想非得擋下歐蘭茲不可，哪怕只是一秒鐘也好。

（會被追上！）

莫浩然朝著門口跨出一步。

就在這時，一道黑影突然從莫浩然身旁竄了出去，並且用力推了他一把。

莫浩然跌坐在地，一臉錯愕地看著漆黑騎士衝向門口。

「零——！」

在意識到對方打算做什麼的瞬間，他大聲呼喊出對方的名字，同時伸出了手。零回頭看了他一眼，破裂的面罩底下露出了像是微笑般的表情，然後轉身衝進通道。

下一秒鐘，通道傳來巨大的響聲、劇烈的震動與耀眼的閃光。

莫浩然起身想要追上去，但是已經來不及了。

眼前的世界化為黑暗。

「……還是晚了一步嗎？」

歐蘭茲站在房間門口，冷眼看著已經被啟動的傳送紋陣。

歐蘭茲本來想追上去，但踏出一步後，他改變了想法。

如果是他的話，就會在傳送到另一側後，立刻破壞那邊的傳送紋陣，阻止敵人的追擊。更惡質一點的作法，就是趁傳送紋陣運轉時加以破壞，如此一來就能將追兵扔到無盡虛空之中。

「……算了。」

歐蘭茲輕哼一聲，與其把時間浪費在那些傢伙身上，不如用來做更重要的事情。因為剛才的爆炸，他精心構築的聖殿有不少地方毀壞了，必須儘快修復。

歐蘭茲看向自己的腳邊，那裡躺著一具渾身是血的人形。

「敢自己一個人挑戰我，真是好膽量。還是說，妳只是棄子而已？」

他的右手食指輕輕勾了一下，零的身體便浮了起來。

歐蘭茲開始觀察這名少女。

雖然身上滿是傷痕，但臉倒是奇蹟似的沒受什麼傷。因為陷入靈魂安眠的關係，端正的容貌彷彿睡著一樣的安祥。歐蘭茲伸手撫摸零的身體，從頭到腳全都仔細地摸了一遍。

「……沒有？」

歐蘭茲皺起眉頭。剛才這名少女明明就有穿上魔操兵裝，但為何在她身上找不到封魔水晶？

「有意思，就讓妳多活一點時間吧。」

歐蘭茲的興趣被勾了起來，他本來打算奪走封魔水晶後就直接殺死零，現在他改變了主意。

就這樣，歐蘭茲帶著昏迷的零離開這個房間。

※◆※◆※◆※

莫浩然走在荒蕪的赤紅大地之上。

他的雙眼沒有焦點，腳步像是綁了鉛塊一樣沉重。紅榴與哈帝爾被魔力平臺托住，緊緊跟在他後面。

好不容易從魔王面前脫逃，理論上莫浩然應該拚命逃跑，而不是像現在這樣慢吞吞地行走。

莫浩然並沒有受傷，體力也還算充沛，只要他有那個意願，隨時可以飆出時速六十公里以上的速度。

之所以沒有那麼做，是因為歉疚。

他拋下了零。

再一次的，他捨棄了同伴。

因為衝擊感過於強烈的關係，傳送出來以後，發生了什麼事他已經記不太清楚了。哈帝爾似乎有叫他做什麼，但他只是一直站在原地發呆，後來哈帝爾擠出最後的力氣，用魔力將岩石陣掃飛。

當莫浩然意會到哈帝爾做了什麼事時，對方已經昏倒了。他向傑諾尋求幫助，但傑諾像是死了一樣毫無回應，也不知是不是因為封印被魔彈炸出了什麼問題。

不知接下來該怎麼辦的莫浩然，只好拖著重傷的紅榴與哈帝爾離開岩石陣。

於是，就有了現在這一幕。

莫浩然彷彿生鏽的機器人一樣，用遲鈍的動作緩慢行走。偶爾，他會停下來回頭看一眼，希望那位少女會從後面追上來。哪怕知道這是無法實現的奢望，他還是每隔一段路就這麼做。

他的腦中一片空白，對時間也喪失了感覺。直到被石頭絆倒後，他的意識才被痛覺喚回來。

「啊……」

然後，他的眼眶湧出了淚水。

「嗚啊啊啊啊！啊啊啊啊啊啊啊啊啊——！」

他哭號著，雙拳用力捶打地面。

非常痛，但莫浩然還是不斷地捶著地面。疼痛很快就消失了，取而代之的是沉重的麻痺感。皮膚破裂，鮮血從傷口不斷流下來。即使如此，他還是沒有停下來，不停猛捶地面。

直到因為耗盡體力停下來的時候，他的雙手已經變得血肉模糊，甚至可以從傷口窺見白色的骨頭。

這算什麼啊，他自嘲地想著。

這種程度的小傷，與死亡比起來根本不算什麼。

零留在那裡，用自己的命讓他逃跑。但他又做了什麼？只是呆站在那裡，眼睜睜看著零去送死。

零推開自己的時候，如果自己反應能更快一點，立刻衝上去的話——

傳送完成之後，如果自己立刻再次啟動傳送的話——

「都是我害的……」

莫浩然雙手緊緊抱頭，一邊哭泣，一邊詛咒自己的軟弱。

說到底，就是因為恐懼。

對於歐蘭茲的恐懼讓他的行動變得遲疑，失去了拯救零的機會。他以前為了活命，捨棄了一同旅行的捷龍，這次則是連零都拋棄了。明明發過誓不讓同樣的事情重演，最後卻還是依賴他人的犧牲。

要是自己更強一點、更堅決一點、更勇敢一點，情況就會變得不一樣了吧？

沉浸在以為自己具有力量的幻想之中，最後迎來的，就是這樣的下場。

自己其實什麼都不是。

沒有傑諾，他只是一個連魔法都不會用的普通人；沒有零、紅榴、伊蒂絲與西格爾的幫助，他的旅途會加倍艱辛。自己依賴他人的幫助一路走到這裡，卻不自覺地得意起來，忘記了自己其實什麼都不是的事實。

自己應該早就知道了。

依賴他人、依賴神明、依賴運氣，最後的結局只有破滅。
明明在小時候就已經察覺到的事，為什麼會忘記呢？
明明早就決定不再天真，為什麼又重蹈覆轍了？
他跪坐在地不斷哭泣。
回應他的，只有在荒野上呼嘯的風。
不知過了多久，哭泣聲漸漸變低。
他用力抹了抹自己的臉，想把鼻水與淚水擦掉，但因為雙手全都是血的關係，反倒把臉搞得更髒。雙手的麻痺感開始消退，強烈的刺痛感讓他必須咬緊牙齒才能忍住不叫出聲來。
他搖搖晃晃地站了起來。
未來充滿了不確定性，神明與運氣無法信賴，唯一能夠相信的，就是做好自己能夠做到的事。
現在的自己還能做什麼？他心想。
（——這還用問嗎？）
先治療紅榴與哈帝爾，然後回去幹掉魔王，為雩報仇，就是這麼簡單。
莫浩然看了紅榴與哈帝爾一眼，兩人的臉色都非常糟糕，呼吸也很微弱，要是再不治療，恐怕看不到明天的太陽。時近黃昏，氣溫也開始下降，雖然現在是夏天，受傷的人露宿野外還是有失溫的危險，必須先找個可以遮風的地方才行。

莫浩然舉目眺望，想找到一個適合休息的地方。

這時，四周的風突然不自然地颳了起來。

莫浩然猛然抬頭，然後他看見一艘浮揚舟正在他的頭頂上方緩緩下降。

接著他瞪大雙眼，難以置信地看著某個從浮揚舟裡面跳出來的人物。

黑色的華服。

巨大的靈威。

還有——與零長得一模一樣的臉。

終末日 05
請叫我勇者

「獅子心？」

她反覆唸誦初次聽見的新名詞。

火焰在地炕中靜靜地燃燒著，即使是冬夜，帳篷裡面還是很溫暖。爺爺坐在對面看著她，滿是皺紋的臉孔看起來就像是古木的樹皮。

「那是什麼啊？」

唸了四、五次之後，她問道。

「是我們獅子族的最高秘技，學會它，就是成為族長的必要條件。」

爺爺回答。雖然年紀已經很大了，但他的聲音聽起來仍然充滿力量，一點虛弱的感覺也沒有。

「教我。」

「不行。獅子心沒辦法教，只能自己領悟。」

「連提示都沒有嗎？」

「簡單的說，就是勇氣。」

「那個我有！」

她挺起胸膛，自信滿滿地說道。

在爺爺的二十七個孫子裡，她是第一個敢獨自狩獵怪物的獸人——雖然失敗了。除此之外，去懸崖採草藥、在激流中抓魚、跟成年獸人打架……這些事她始終不落人後。

「妳那個不叫勇氣，叫蠻幹。」

她的爺爺嘆了一口氣，一臉傷腦筋的表情。

「妳啊，雖然是這一輩裡面天賦最好的人，卻也老是靠著天賦做事。偶爾用點腦袋行不行？」

「幹嘛把人家說得好像是笨蛋一樣。」

「妳不是笨蛋，是少根筋……算了，我就再說得更詳細一點吧，不然以妳的個性，大概也懶得去鑽研，白費了那麼好的天賦。」

「請盡量說得淺顯易懂，不要用模糊的概念矇混過去哦。那種故意把話說得曖昧不清，好營造出神秘感的技倆，現在已經不流行了。」

「……這話是誰教妳的？」

「七奶奶。」

「那個女人……！」

「我覺得七奶奶說得很有道理哦，不愧是魔法師，一下子就看穿爺爺的騙術了。」

「呿，只不過是個連男爵都混不上的小角色，竟然敢在孫子面前說我壞話，晚點找她算帳。」

「不行哦，爺爺，這樣一點也沒有族長該有的器量。」

爺爺用力往她的頭敲了一下，紅榴雖然想躲，但是爺爺彷彿早就知道她會向哪邊閃避似的，一拳正中她的腦袋。

「好痛！」

紅榴捂著頭。從以前開始就是這樣，全族沒有一個人能躲開爺爺的拳頭。

「懂了嗎？這就是獅子心。」

「咦？」

紅榴一臉呆愣地看著爺爺。

「聽好了，紅榴。比起人類，獸人才是真正受到魔力眷顧的種族。人類之中只有少數人能夠接觸魔力，每一個獸人從出生起就有魔力寄宿於肉體。但不管是人類或獸人，想要駕馭魔力都離不開一點——就是這裡。」

爺爺指了指自己的左胸。

「妳的心有多堅強，妳的覺悟有多堅定，妳的極限就越寬廣。用妳七奶奶的說法，這裡的東西——好像叫靈魂強度什麼的——決定了魔法師的成就。嘛，反正都是人類自以為是的屁話，就先不管了。簡單的說，只要妳有那個意願，魔力就會回應妳，這就是獅子心，我們獅子族獨有的本事。」

紅榴依舊呆愣地看著爺爺，過了好一會兒才說道。

「是指那個嗎？生氣的時候會變強的那個？」

就像人類在憤怒時爆發出強大的力量一樣，獸人一族也會因為憤怒而變強，並且外觀會變得更具威懾性，有的獸人會頭髮變色，有的獸人會身體膨脹。獅子族的情況則是眼睛會變色、臉孔浮現花紋。

「不對不對，那只是情緒激動之下的產物而已，獅子心才不是那麼簡單的東西。」

爺爺用力搖頭。

「嗯，還是用妳七奶奶當例子吧。領悟了獅子心，就像是魔法師學會了魔法一樣。只是人類老是自作聰明，喜歡把簡單的事情搞得複雜，所以明明就是一體的東西，卻硬要分割成什麼什麼之型、什麼什麼之型的，囉嗦得要死。我們不玩那套，只要領悟了獅子心，就什麼都做得到了。懂了嗎？」

「……不懂。」

「……我想也是。」

爺爺垂下了肩膀。

「……算了，妳只要牢記住一點就好了，那就是──魔力會回應妳的心。」

「魔力會回應……我的心……」

像是要把這句話用力刻在腦海裡一樣，她反覆地輕聲呢喃。

然後，她醒了過來──

※◆※◆※◆※

紅榴睜開雙眼後，立刻翻身跳了起來，然後壓低身體擺出戰鬥架式，那副姿態令人不禁聯想起受到驚嚇的貓。

當她回過神來之後，發現莫浩然正用複雜的表情看著她。

「……邊睡覺邊吃東西，同時傷口快速癒合，該說真不愧是獸人嗎？再怎麼莫名其妙的事，在這個種族身上都有可能出現。」

旁邊傳來冷漠的諷刺聲。紅榴轉頭，發現一名黑髮銀眼的男子正躺在另一邊的床上。她記得這個人，克拉倫斯．哈帝爾，在獸人之間頗有名氣，被稱為「冰刃」的傢伙。

如今這位冰刃的腹部綁著厚厚的繃帶，臉色異常蒼白，任誰都能看出他身受重傷。即使如此，哈帝爾的眼神依舊冰冷銳利。

「雖然你很惹人厭，但這句話我贊同。」

另一側傳來清冷的附和聲。

紅榴轉過頭，看見零正雙腿交叉坐在椅子上，用像是在審視什麼的目光看著自己。

「小零零？妳幹嘛又化妝把自己變得這麼老？」

紅榴想也不想地脫口而出，旁邊的莫浩然發出「嗚哇」的慘叫，衝過來伸手捂住她的嘴。

「……原來如此，確實如同聽說的一樣無禮。」

莎碧娜用冰冷的眼神看著紅榴，室內的氣溫似乎一下子降低了。

「不、那個……她只是睡昏頭了而已，請妳千萬不要見怪。哈哈、哈哈哈……」

莫浩然發出諂媚的笑聲。

這時紅榴開始打量四周環境，發現自己正待在一間大房間裡面，室內的布置很簡潔，而且有種微妙的熟悉感。很快的，她就察覺到這股熟悉感的來源——這裡很像浮揚舟的艙房。

「紅榴，這個人不是零，是真正的雷莫女王——莎碧娜．艾默哈坦。這裡是她的私人船艦。」

見到紅榴困惑的模樣，莫浩然開口解釋。

「……怎麼回事？」

「說來話長……抱歉，時間不夠，晚點再跟妳說明。現在我們必須先討論出打倒魔王的方法。」

「欸？」

紅榴想要抗議，但由於莎碧娜的瞪視太有魄力，她只好把不滿吞回去。

（不愧是正牌貨，氣勢跟不高興時的爺爺有得比。不管是人類或獸人，一旦上了年紀好像都會變得很恐怖……）

紅榴一邊想著極為失禮的事情，一邊乖乖地閉上嘴巴。在聆聽三人討論的過程中，透過隻字片語，她慢慢拼湊出自己昏迷後究竟發生了什麼事。

今天是升夏之月十五日，而莫浩然從歐蘭茲手中脫逃則是昨天，也就是升夏之月十四日的事。至於莎碧娜，則是在升夏之月十二日時脫困的。

亞爾卡斯釋放莎碧娜後，便屈膝下跪，將他與札庫雷爾、里希特擅自找人替代莎碧娜一事謝罪，並將這段時間發生的事全盤托出。

莎碧娜沒有責怪亞爾卡斯，但是在聽到「桃樂絲一行人已前往亡者之檻」這個消息後，立刻下令亞爾卡斯準備最新型的浮揚舟，打算獨自前往亡者之檻。任憑亞爾卡斯怎麼勸說，也無法改變其決定。

此外，亞爾卡斯雖然想要隨行，但莎碧娜命令他留下來處理善後。

莎碧娜的浮揚舟性能跟莫浩然等人的浮揚舟完全不能比，她只用了一半的時間，就完成了幾乎橫跨整個雷莫國土的超長旅程，最後遇見了在荒野上徘徊的莫浩然一行人，並出手救援。

「──那麼，來做個最後的確認吧。」

莎碧娜用清冷的聲音說道。

「歐蘭茲正在逐步取回力量，對付他必須越早越好。你們在離開前用魔彈破壞了一部分的虛空封禁，歐蘭茲沒辦法立刻釋放傑諾，好殺了他取回力量。想要打倒歐蘭茲，現在是唯一的機會。」

「正是如此。而且歐蘭茲也會持續從我身上取回力量，拖得越久，我們的勝算就越渺茫。」

「連召集人手的時間都沒有嗎？」

莎碧娜的眉毛微微蹙起，顯然她原本打著回去搬救兵的主意。如果雷莫雙壁能夠參戰，可以極大增強我方的戰力。

「就算調來再多人手也沒用。對付歐蘭茲，正面的武力對決是最下策，這點在百年前就已經被驗證過了。為了擊敗他，人類究竟付出了多大的代價，這點妳不會不清楚吧。」

「……哼，敢說出這種話，代表你已經有對策了嗎？」

「如果沒有，我的頭就會跟身體分家了吧。」

「當然，否則沒理由讓你活著。」

莎碧娜的眼神與語氣都籠罩著一股寒意。

哈帝爾不僅是敵國重臣，更是侵略雷莫的總大將，於情於理莎碧娜都該把他殺掉。然而哈帝爾擁有魔王的部分知識，想要對付歐蘭茲，非得借重他的頭腦不可。

「有什麼計畫就說吧。」

「在那之前，我想先確定一件事。」

哈帝爾把頭轉向莫浩然。

「妳有辦法像先前那樣聯繫傑諾・拉維特嗎？」

「不行。」

莫浩然搖了搖頭。為了確認，他又呼喚了傑諾一次，但還是沒有得到任何回應。

就在這時，強烈的靈威突然降臨。

「……妳能聯繫傑諾？怎麼回事？」

莎碧娜的表情變得險惡。

她先前的冷淡與優雅完全消失無蹤，取而代之的是濃厚的敵意。根據這番表現，任誰都會覺得她與傑諾有著深仇大恨吧？但莫浩然知道事情並非如此。

那只是——一種名為嫉妒的感情在作祟而已。

透過記憶逆流，莫浩然知道了傑諾與莎碧娜之間發生了什麼事，因此他毫不緊張，從容地做出回答。

「妳也知道，我是傑諾從其他世界召喚過來的。召喚者與被召喚者之間會存在一定程度的感應，可是因為破壞了封印的關係，那個感應現在失靈了。」

莎碧娜的臉色依然冷峻，但似乎接受了莫浩然的解釋，因為靈威的壓力減輕了些。

「異界召喚？妳是傑諾．拉維特從異界召喚過來的？」

一旁的哈帝爾露出驚訝的表情。

「那應該是歐蘭茲開發出的魔法中最沒用的一種才對……竟然能夠召喚出像妳這樣的對象，拉維特的運氣也未免太好了。」

莫浩然能夠理解哈帝爾為什麼驚訝，連他自己也是在記憶逆流後，才知道「異界召喚」是一個多麼垃圾……或者說挑戰人品的魔法。

地球也有許多以召喚魔法為主題的動漫作品。這類動漫作品裡面的召喚魔法使用起來異常方便，只要事先設定好條件，就可以幫召喚者在堪稱無限的異世界裡瞬間找到適合的召喚對象，簡直跟網路搜尋引擎一樣輕鬆簡單。

然而歐蘭茲的召喚魔法並非如此，召喚者必須自行探索異世界，就算花費大量的時間也不一定能找到可以回應召喚的對象。這正是歐蘭茲雖然開發出召喚魔法，卻沒有召喚異界生物為他征戰的原因——花費的時間與效益完全不成正比。也只有像傑諾這樣，因為被封印在虛空裡面無事可做，才有時間探索異世界。

要在無限多的異世界裡頭找到可以交流溝通的對象已經夠困難了，如果再把「人形」、「實力強大」、「個性溫和」等條件也考慮進去的話，要找到理想的召喚對象的機率簡直低到不行。

「等等，這個外表是真的嗎？還是變化或擬態？妳也會魔法，所以妳那個世界也有魔力？還有傑洛的語言——」

「現在不是討論我是什麼人的時候吧，你的對策到底是什麼？為什麼要先確認我能不能聯絡得到傑諾？」

若眾人再追究自己的來歷，事情恐怕會變得沒完沒了，於是莫浩然強硬拉回主題。

「……也對。我就直說了吧，我想要跟拉維特確認一件事。如果他沒有說謊，那麼打倒歐蘭茲的關鍵就握在妳手裡。」

哈帝爾的目光落到莎碧娜身上。

「在我手裡？什麼意思？」

「拉維特之前說過，妳已經成功開發出能夠承載歐蘭茲的靈魂，但是不讓他為所欲為的容器了，這是真的嗎？」

莎碧娜沒有回答，只是面無表情地看著哈帝爾。

「想以正攻法打倒歐蘭茲是不可能的。我可以斷言，哪怕是妳，再加上雷莫雙壁的幫忙，在歐蘭茲面前也撐不了多久。不用懷疑，歐蘭茲就是如此強大。」

被人當面說出「自己比某某人還弱」這種話，任誰都會覺得不悅，但要是說這句話的人是克拉倫斯．哈帝爾，那就必須認真對待了。

哈帝爾不論智謀或實力都位於這個世界的最前列水準，而且還是擁有過魔王力量與知識的人，他所做的判斷具有極高的參考價值。

「幸運的是，現在的歐蘭茲有了破綻。他的魂魄尚未完全轉移完成，這就是最大的弱點。我的目標，就是地下聖殿的靈魂轉移紋陣。」

「……破壞那個紋陣，就能消滅歐蘭茲嗎？」

「沒那麼簡單。那個紋陣的作用不在於保存歐蘭茲的靈魂，而是轉移靈魂。要是破壞紋陣，最多只能制止歐蘭茲的力量繼續增長，但歐蘭茲只要再重建一個就行了。我的計畫是，用紋陣將歐蘭茲的靈魂轉移到另一具身體，再把那具身體永遠封印。不過要實現這個計畫，必須克服兩個問題。」

「……容器，還有如何把歐蘭茲引開，對吧？」

哈帝爾輕輕點了點頭。

說到這裡，就連莫浩然也可以猜出這個計畫的全貌了。

簡單的說，就是想辦法讓歐蘭茲離開那座地下殿堂，然後操縱靈魂轉移紋陣，將歐蘭茲的靈魂轉到傑諾所說的容器裡面。比起正面挑戰歐蘭茲，這個作法的成功率確實大多了。

莎碧娜閉上雙眼，像是在思考什麼似的。過了好一會兒，她才緩緩說道。

「……那個容器，確實已經開發出來了。」

「真的嗎？很好，現在立刻去取吧。雖然會花費一些時間，讓歐蘭茲變得更強，但這也是沒辦法的事。」

「不，沒那個必要。容器就在歐蘭茲身邊。」

「什麼？」

哈帝爾一臉不解地看著莎碧娜。

莫浩然也是一樣，不知為何，他心中升起一股不祥的預感。

「零還活著。」莎碧娜用冷酷的聲音說道：「她就是那個容器。」

※◆※◆※◆※

眺望遠方的地平線，可以看到火紅色的夕陽與燃燒般的晚霞。在深紅的黃昏中，赤色的大地宛如閃閃發亮的血池，洋溢著令人怵目驚心的殘酷美感。

莫浩然站在浮揚舟的頂部，臉色陰鬱地望著夕陽。

與歐蘭茲的對決，時間已經決定是明天早晨。

為了這一戰，其他人都各自去休息了。至於守夜的工作則交給了空航士，要是有怪物接近，浮揚舟的偵查裝置會發出警報。

莫浩然知道自己明天將會面臨一場難以想像的苦戰，趁這時候好好養精蓄銳才是正確的作法，但他怎麼樣都無法靜下心去休息，於是才會像現在這樣跑到艦頂散心。

望著眼前的風景，莫浩然嘆了一口氣。

一小時前，他們總算擬定出用來對付歐蘭茲的作戰計畫。在那之後，莫浩然的心情就像是綁了鉛塊一樣沉重。

不是因為緊張。

而是因為迷惘。

這時，後方突然響起「咚」的一聲，莫浩然轉頭，看見紅榴也跳上了艦頂。

紅榴的傷勢已經差不多痊癒了，就連被燒掉的毛髮也重新長了出來，只能說不愧是獸人，新陳代謝的效率強悍得令人無言以對。

紅榴走到莫浩然旁邊，然後跟他一起觀看夕陽。

獸人少女的臉上看不見以往的活力。

「……太複雜的事情我不懂，不過小零零跟毒草人回不來了，對嗎？」

過了一會兒，紅榴開口問道。

「……大概是吧。」

莫浩然回答，他發現自己的聲音比想像中來得乾澀。

「……沒有別的辦法了嗎？」

「……沒有吧，至少我想不到。」

沉默重新支配了周圍的空間，氣氛也變得凝重。

捨棄零與伊蒂絲——打倒歐蘭茲的作戰計畫就是以此為前提而建立的。

這樣的計畫，莫浩然實在無法接受。

但是，他也提不出更好的計畫。

這可不是孩子的玩鬧，只要用一句「我不喜歡」就可以把事情否決掉。莫浩然很清楚「歐蘭茲復活」這件事究竟會帶來多麼大的威脅，就連他自己也有非打倒歐蘭茲不可的理由，那就是救出傑諾、回歸地球。

「……零本來就是為了對付歐蘭茲所製造的道具，只有犧牲她才能封印歐蘭茲。至於伊蒂絲，她的靈魂恐怕已經被歐蘭茲啃食殆盡了，就算將歐蘭茲封印，也只能得到一具空殼吧。」

莫浩然像是在背誦什麼似的，用沒有高低起伏的聲音說道。

這些是莎碧娜與哈帝爾說過的話，那兩人有著必須被犧牲的理由。

「小零零跟毒草人好可憐，都要被尊敬的人殺死。」

零被莎碧娜捨棄。

伊蒂絲被歐蘭茲吞噬。

她們對主人忠心耿耿，換來的卻是這樣的回報，聽起來實在無比諷刺。

……不，或許她們一點也不在意，反而會笑著赴死吧。那兩人並非純粹的人類，不能用一般的想法衡量她們。說不定為主人犧牲，對她們來說才是最大的褒獎。

只是，莫浩然無法接受這種事。

希望付出的努力能夠得到回報，哪怕只是一點也好。
希望付出的信賴得夠得到回應，哪怕只是一點也好。
明明知道現實中多的是再怎麼辛苦依舊一無所得的事，但還是會忍不住如此希望，哪怕會被人嘲笑這是小孩子的想法也一樣。
想到這裡，莫浩然不禁握緊拳頭。
「我討厭銀霧魔女跟冰刃的作法，不想幫他們。可是如果小桃桃要去，我也會一起去。打倒了魔王，你才能回家吧？」
莫浩然點了點頭。
「我不知道什麼是異世界生物，我只知道小桃桃救過我兩次……不對，算上這次，你已經救我三次了。只要是你想做的事，我一定幫到底。」
「……我以前說過，不用在意那種事。」
「但——」
莫浩然伸出手掌制止紅榴，語氣強硬地說道。
「可是，這次必須要請妳幫我了。」
紅榴睜大雙眼，一臉驚訝地看著莫浩然。
「我有一個辦法，或許可以將她們救回來。我需要妳幫忙。」

※◆※◆※◆※

在巨大的地下聖殿裡面，一名女子佇立其中。

有著紅藍兩色的奇異眼眸，以及星屑灑落般的耀眼銀髮，纖細的肢體彷彿輕輕一折就會斷掉，美麗的臉蛋精緻有如名匠傾注心血所鑄造的人偶。

名為伊蒂絲的魔力傀儡，外貌一如往常的完美無瑕。

只是，裡面的東西已經被替換掉了。

伊蒂絲的自我已經被歐蘭茲所吞噬，這具身軀已經成為魔王的東西。

歐蘭茲凝視空中，他的雙眼沒有焦點。在他四周，數不清的物質正在來回飛舞。這些物質有的大如樹木，有的小如沙礫，唯一的共通點，就是它們都是極其珍貴的魔導材料。

歐蘭茲正在修復紋陣。

這座地下聖殿是歐蘭茲為了復活而準備的祭壇，為了保險起見，他在更深處的地方儲藏了大量物資。莫浩然的魔彈雖然破壞一部分的紋陣結構，但這種程度的損傷，歐蘭茲只要花費兩、三天就可以修復完畢。

「……真是一具好身體。」

在完成某一處的修復作業後，歐蘭茲忍不住低聲呢喃。不會疲倦、不須吃喝、不用睡眠，只要提供充足的魔力就能永續行動，這正是他理想中的魔力傀儡。過去的他無論如何都造不出來，先前那群人真是送了他一份大禮。

（不過，這也代表外面的魔導科技已經進步到足以威脅我的地步了……出去之後，我必須更加小心。）

歐蘭茲想起莫浩然當初扔出的魔彈。那個東西意外的危險，不但威力巨大，而且爆炸之前毫無徵兆，就算是他，要是在近距離內被數枚魔彈集火暗算的話，恐怕也難逃一死吧。

正因如此，這副軀體的重要性也跟著提高了。

尼米涅茲這種魔力植物的生命力極強，而且生長速度與魔力的供應量成正比，哪怕只是一點殘屑，也能迅速長成原來的大小。換言之，只要有魔力，這具身體就能實現某種程度的不老不死。

唯一可以算是缺點的，就是女性的外形了吧。他不記得有做過女性外形的魔力傀儡，看來是某個魔導技師——也可能是權力者——的愛好。不過沒關係，等他解開這個身體的秘密之後，要什麼樣的身體都不是問題。

嚴格說來，其實女性外形也是無妨，畢竟他本來就對用肉體所得到的任何歡愉沒有興趣。

歐蘭茲所追求的東西只有一個，那就是顛覆傑洛。

……不，應該說最初的時候，他也有著人類的欲求，只是不知從什麼時候開始，那些欲望逐漸消失了。

被人冠上魔王之名的歐蘭茲，最初只是一個名不見經傳的魔法師而已。

他的資質平庸，在貴族社會裡面屬於最下位的存在。然而，他擁有魔導科技方面的才能，甚至到了足以被稱為天才的程度。為了求得溫飽，他以魔導技師的身分為其他貴族工作。可惜在那個時代，魔導技師的地位連騎士也不如，因此他的生活相當貧苦。號稱貴族，卻活得跟凡人一樣艱辛。這讓他在憎恨那些高高在上的貴族之餘，也對跟他一樣飽受壓迫的平民抱著憐憫之心。

有一天，他服侍的貴族所統治的城市爆發了大規模的傳染病。死亡之風毫無慈悲地吹向所有人，平民大量死亡，就連權力者居住的內城區也遭到波及。病死者的屍體實在太多，就連火燒都來不及處理，因此那位貴族命令他想辦法解決這件事。

這就是一切的開端。

在利用紋陣處理屍體的過程中，他從這些死者身上看見了自己。

生前一無所有，死後也一無所有——這就是凡人。

是的，就跟他一樣，生前死後，一無所有。

有沒有什麼辦法可以讓他們在死後得到救贖？

以這樣的想法為契機，他完成了能夠截留靈魂的紋陣。他在世界蒸發靈魂前將其截留下來，聽取死者的遺憾，並且盡可能滿足他們。

乍聽之下似乎非常麻煩，做起來卻意外的簡單。

絕大部分的死者，最大的願望竟然只是想要吃飽。

這些死者在染病之後，便被親人視為遲早必須捨棄的負擔，因此減少了食物的供給，甚至直接不給他們飯吃，使其加速死亡。

他讓這些靈魂暫時停留於自己的身體裡，對它們開放五感，等到用完餐後，再將它們驅離身體，被世界的魔力蒸發。

說穿了，這只是一種自我滿足。

這些靈魂沒有未來，唯一能夠從這件事裡面得到救贖的，只有他的心而已。

他就這樣一邊處理屍體，一邊滿足亡者的遺願。

……於是，變化悄悄地到來。

靈魂是一種非常獨特的東西，它是魔力與意識的連結之核、是證明自我之存在的印記、是與世界相連的無形繩索。魔法師的靈魂能夠與世界進行深層聯繫，進而驅動名為魔力之源的元質粒子。相對的，凡人的靈魂只能在世界的外層游移，直到肉體壞滅，最後回歸世界。

與魔法師相比，凡人的靈魂太過孱弱。

但再怎麼微不足道的事物，當累積到成千上萬的數字之後，也會擁有一定的重量。

那些亡者的靈魂在離開他的身體時，似乎殘留著一點不知名的什麼，而那些無名之物壯大了他的靈魂，讓他能夠與世界聯繫得更加深入，連帶提升驅動元質粒子的能力。

他認為這是亡者的饋贈，於是變得更加賣力。等到疫病結束，他離開了那座城市，開始四處收集死亡。

他變得越來越強，也越來越不像自己。

那些無名之物裡面，包含了亡者的不甘與憤恨。

他收集的死亡以凡人為主，他們痛恨貴族，以及這個不斷剝削他們的世界。這股恨意不僅感染了他，最後甚至取代了他。他烙印於世界的真名，也在不知不覺間變成了歐蘭茲（OREZ）——顛覆傑洛（ZERO）之人。

魔王，就這樣誕生了。

歐蘭茲開發了轉移靈魂的獨特紋陣，每當肉體衰亡，便更換新的肉體。隨著轉生次數的增加，他變得越來越強，最後終於成為能夠以一己之力消滅一個國家的怪物。

如果當年他不是一口氣挑戰所有人類國度，而是一國接一國慢慢併吞的話，這個世界早就落入他手中了吧。

歐蘭茲記取了教訓。這一次，他會行動得更加謹慎。

先將力量恢復到全盛期，然後解開這具身體的秘密，等做好萬全準備之後，再慢慢蠶食人類社會。貴族階級雖然腐敗又自私，但在利益遭到侵犯的時候，還是有可能屏棄前嫌對抗敵人，他上次就是誤以為四國不可能聯手合作，結果遭到圍剿，他發誓不會再犯下同樣的錯誤。

「……好，這樣就完成了。」

歐蘭茲結束了手邊的作業。

傑洛．拉維特的虛空封禁已經修復完畢，接下來只要釋放他，然後將其殺死，他的力量就會全部流回這具身體。

「竟然把封印設在這裡，這傢伙可真會想。」

歐蘭茲的嘴角輕輕揚起。

的確，考量到安全性與隱密性，再也沒有比這裡更適合的地點了，只是這個決定反而讓他省了不少麻煩。

「——嗯？」

突然，歐蘭茲抬起了頭。

這座聖殿有好幾個出入口，那些出入口全都連接著不同的傳送紋陣，散布在亡者之檻各處。之所以採取這樣的設計，一來是為了方便行動，二來是為了更好地吸引轉生的容器。

他的視線落在聖殿的其中一個出入口。

過了不久，那裡浮現了一道人影。

那是一名身穿華服的黑髮女子。

「嗯？」

歐蘭茲忍不住用眼角餘光望向聖殿角落，被他扔在那裡的黑髮少女依然昏迷不醒。

（年紀不對……長得很像的姐妹？還是母女？嘛，算了。）

只要知道對方是敵人就行了，畢竟發出了那樣的殺氣，怎麼看都像是來找碴的。

「妳是誰？怎麼找到這裡來的？」

雖然並不期待可以得到答案，沒想到對方真的回答了

「莎碧娜．艾默哈坦，雷莫之王，為了討伐魔王而來。」

「雷莫之王……？」

歐蘭茲的嘴角朝著兩邊上方微微拉扯。

「現在的雷莫是女人當權嗎？在我沉睡的這段時間，外面的風氣似乎變了不少……不過，妳剛剛說要討伐我？」

歐蘭茲雖然在笑，神色卻無比冰冷。

「真是不好笑的笑話呢。既然來了，那就別走了。」

莎碧娜停下腳步。她與歐蘭茲之間的距離還很遙遠，大概間隔兩百公尺以上。對使用兵器搏殺的戰士來說，這是一段什麼事都不能做的距離，但對高階魔法師來說，這是攻擊與防禦的起點。

魔法師雖然可以驅使魔力，但身體能力並沒有超出人類所該有的極限，其中當然也包括了動態視力與反射神經。

在「看到對方發動攻擊」、「決定應對的手段」、「使用魔法反擊」這一連串過程中，時間是絕對逃避不了的課題，而空間距離正是爭取時間的最佳手段。除此之外，還有魔力領域等等的問題。

總而言之，面對的敵人越強，必須保持的戰鬥距離就越長。

兩百公尺，這個數字是莎碧娜心中為歐蘭茲設定的最低底限。

即使是面對同為王級魔法師的對手——例如以前的王兄阿瑪迪亞克——莎碧娜心中設下的界線也沒有高過一百公尺。然而這一次，她將界線整整提高了兩倍。

可能的話，希望能夠將距離拉得更長一點，但殿堂的空間有限，要是再拉長，就只能退到通道裡面了，那樣一來根本無法戰鬥。

「——既然來了，那就別走了。」

帶著冰冷的笑容，歐蘭茲率先發動攻勢。

瞬間，莎碧娜感到周圍的元質粒子被對方迅速吸走。大量的元質粒子互相碰撞、振動與共鳴，產生了龐大到令人感到噁心的魔力。

莎碧娜也開始汲取大氣中的元質粒子，時間只比歐蘭茲慢上零點七秒。有了兩百公尺的距離做緩衝，這點程度的差異可以無視。

下一秒鐘，兩道光束轟然碰撞。

雙方都以穹弩之型作為起手一擊。

兩股魔力互相撞擊，溢散的魔力在殿堂中掀起狂風。原本散落在地面上的魔導材料與砂石也被捲了起來，莎碧娜高舉左手，這些東西頓時全部凝固於半空之中，並且發出微光。

要是有魔法師看到這一幕，恐怕會尖叫出來吧。因為莎碧娜竟然對這些物體施加了剛擊之型。要在一瞬間對數以百計的物體附上魔法，這樣的操魔技巧簡直難以想像！

莎碧娜左手一揮，這些東西立刻化為致命的子彈，趁著狂風與沙塵降低了環境能見度的絕妙時機，從四面八方轟向歐蘭茲。

但是，這有如子彈風暴般的一擊被彈開了。

歐蘭茲彷彿事先預料到一般，以壁壘之型擋住了莎碧娜的奇襲。

然而莎碧娜的攻勢並未結束，她就像是知道先前的攻擊必然會無效一樣，在捲起子彈風暴的下一秒鐘，立刻凝聚魔力，再一次發動了穹弩之型。這一擊的魔力量，比先前的穹弩之型強上一倍。

巨大的光箭轟中魔力之壁，歐蘭茲微微皺眉。

這一擊依舊沒能對他造成任何威脅，但是再打下去，他的聖殿必定會受到不少損傷，埋設的紋陣結構也會遭到破壞。

想到這裡，歐蘭茲改變了戰術。他不再站立不動，而是發動天翔之型四處遊走，莎碧娜見狀也跟著發動天翔之型。只見兩道人影在空中以驚人的速度彼此追逐糾纏，以光束不斷對轟。

過了不久，歐蘭茲突然衝入其中一條通道，莎碧娜立刻追上去。

通道的盡頭正是傳送紋陣，身為此地主人的歐蘭茲很清楚紋陣的啟動時間，就在莎碧娜衝入房間的瞬間，傳送紋陣也同時啟動。下一秒鐘，兩人的身影便閃現在赤紅色的荒野上。

莎碧娜不再像先前那樣猛攻，而是站在原地瞪視歐蘭茲。看到莎碧娜這番表現，歐蘭茲微微一笑。

「妳是故意裝作上當的吧。」

「當然。在那種地方，無法發揮全力。」

王級魔法師的魔力領域半徑超過三千公尺，以地下殿堂為戰場的話，不管是莎碧娜或歐蘭茲都只能發揮出一半的實力。

「真有自信啊。要是在那裡打的話，就算我的魔力領域比妳大，能調動的元質粒子也不會比妳多，對妳比較有利哦。」

「我不認為能在你的堡壘裡面打倒你。」

「原來如此，提防陷阱嗎？真是謹慎。」

說完，歐蘭茲轉頭望向天空，像是在尋找。

「那麼，妳的軍隊還要多久才會趕來？需要我再等妳一下嗎？」

「……」

「怎麼了，難道妳以為我連這種程度的事都想不到嗎？未免也太小看人了吧。」

歐蘭茲發出嗤笑。

「雖然不清楚詳情，不過哈帝爾是亞爾奈的人，而且正率軍侵略雷莫，不是嗎？我猜妳是因為得到了哈帝爾在這裡的情報，打算將其截殺，然後碰見逃跑的他吧。妳從他口中知道了我的事，想要趁我還沒恢復力量的時候打倒我。如此一來，設伏誘殺是必然的戰術。」

歐蘭茲根據既有的線索，拼湊出看起來最為合理的圖像。莎碧娜沒有承認也沒有否認，只是反問道。

「……既然如此，你為什麼要出來？」

「因為機會難得，我想知道跟以前比起來，現在的王爵級究竟有多強。」

簡單的說，就是試探。

但歐蘭茲沒有說的是，他不只想知道現今王級魔法師的實力，還想知道現今的魔導科技到底進步到什麼程度了。一國之王御駕親征，身邊必定也會跟著最精銳的軍隊，他可以從軍隊的裝備推斷出魔導科技的進步程度。

當然，歐蘭茲有著就算被重兵包圍也能全身而退的自信。

面對自信滿滿的歐蘭茲，莎碧娜笑了。

「你猜錯了。」

「哦？」

「沒有伏兵，只有我跟你。一對一。」

莎碧娜從衣服內側取出一條項鍊，歐蘭茲的微笑立刻收斂了。

「甦醒吧，銀霧祭禮。」

巨大的魔力從封魔水晶內側炸裂了。

有如海嘯般洶湧澎湃的魔力纏繞住莎碧娜，並且開始物質化。下一瞬間，莎碧娜的肢體便被一層銀亮的甲冑所覆蓋。

那副甲冑並不像騎士鎧甲一樣充滿暴力的氣息，反而帶著難以言喻的莊嚴感。如果要形容的話，就像是舉辦祭典時才會出現的儀式服。

但是那彷彿要壓潰天地般的可怕魔力，明白揭示了這套甲冑絕非虛有其表的無害之物，而是殺戮的道具。

「果然又是魔操兵裝啊……而且還是專屬型的，真麻煩。」

歐蘭茲冷冷瞪著眼前的敵人。

浩瀚的靈威鋪天蓋地湧來，光論魔力的話，對方甚至超越了自己。

即使如此，他的眼神依舊沒有怯意。

「很好，讓我看看現今王爵的能耐吧！」

※◆※◆※◆※

黑暗之中亮起了光芒。

地面宛如湧泉般噴出耀眼的毫光，有三道人影從光芒中出現。

等到傳送結束之後，莫浩然、紅榴與哈帝爾立刻衝入通道。哈帝爾因為重傷無法跑步，所以是由莫浩然用魔力平臺托著他前進的。

他們很快就抵達了地下殿堂，寬廣的空間充滿寂靜，只有戰鬥後留下的斑駁痕跡。

見到這裡一個人也沒有，三個人全都鬆了一口氣。緊接著，他們很快就發現倒在牆邊不省人事、渾身是血的黑髮少女。

「小零零——！」

紅榴立刻衝過去將她一把抱起。見到零的慘狀，莫浩然咬緊牙齒，死死握緊雙拳，指甲因為過於用力刺破了手掌，流下殷紅的鮮血。

「很好。她還活著，派得上用場。」

相較於另外兩人的激動，哈帝爾的態度非常冷靜。紅榴抬頭用力瞪了他一眼，但哈帝爾毫不在意。

「快點動手吧，我不確定艾默哈坦能拖多久。別浪費時間。」

「……啊啊，紅榴，上吧。」

「知道了啦。」

獸人少女一臉不爽地回答。她放下零，接著轉身衝向離自己最近的通道入口。

「我們從哪裡開始？」

「那邊那根柱子。」

莫浩然帶著哈帝爾到了他所指示的地點。

「注意看，這裡有十七個節點，有八個是用來迷惑敵人的偽物，一旦碰了就會觸動陷阱。目標是地上最右邊與柱子上面的節點，將它們的粒子線……」

哈帝爾開始講解如何動手，莫浩然聞言照做。這時紅榴回來了，然後二話不說立刻衝進另一個通道口。

莎碧娜引走歐蘭茲，哈帝爾與莫浩然負責竄改紋陣，紅榴破壞傳送紋陣爭取時間，這就是他們的分工內容。

「妳的手法很熟練，妳是魔導技師嗎？」

在移動到另一處節點的途中，哈帝爾忍不住問道。

「……幹過類似的兼差。」

就連莫浩然自己也沒想到，以前幫人修理魔導武器的經驗竟然會在這時派上用場。

「很好，這樣可以節省不少時間。比我動手要快多了。」

竄改紋陣是一項相當耗費體力與精神的精密作業，哈帝爾身負重傷，因此只能讓莫浩然代為動手。原本他還為可能會浪費大量時間而苦惱，沒想到莫浩然的魔工技術如此熟練，實在是意外之喜。

哈帝爾說比他親自動手還要快，這句話並不是奉承，而是事實。

哈帝爾擁有歐蘭茲的部分知識，知道如何竄改紋陣，但他從未接觸過魔導工技，要是讓他來做，勢必會犯下許多微小的粗淺錯誤，無益地浪費時間吧。

雖然也可以先釋放傑諾，把這些工作交付給他，但這樣一來，傑諾身上的魔王之力會立刻流回歐蘭茲身上，使對方察覺異狀。

（那麼，關鍵就在於銀霧魔女能拖多久了……）

哈帝爾在心中倒數計時。

※◆※◆※◆※

大地滿目瘡痍。

地面彷彿被流星雨砸中般布滿了巨大的坑洞，到處都是零星的火焰與黑煙。如果這裡不是寸草不生的荒野，而是雜草叢生的平原，恐怕已經燃起燎原大火了吧。

造就出這幅畫面的兩名凶手，仍在天空互相纏鬥。

白熱的光箭在空中不斷閃耀，偶爾有那麼一、兩發擊中地面，便會挖出有如隕石坑般的大洞。暴風呼嘯，氣溫在嚴寒與酷熱之間不斷交替，就連重力也變得強弱不均。

簡單的說，就是地獄。

這就是王級魔法師的戰鬥。

在巨大魔力的加持下，王級魔法師每一擊都是足以開山裂地、波及範圍極大的致死攻擊，因此根本不需要精巧或複雜的招式，只要投擲魔力就好。

其結果，就是眼前這有如天災降臨般的一幕。

一旦被捲入，即使是公爵級也僅能自保，在那之下的魔法師只有一種下場，那就是粉身碎骨。王級魔法師的戰鬥就是如此可怕，連想要旁觀都必須賭命才行。

「哈！」

歐蘭茲揮動右手，一口氣射出十四道光箭。每一道光箭都包含了毀滅性的魔力，就算是戰列艦的魔導護壁也能輕易打破。

十四道光箭分別從不同角度襲向目標。這是一次毫無破綻、絕對無法閃避的攻擊。

但是，不需要閃避。

光箭彷彿被沼澤吞沒了一樣，被莎碧娜四周的銀色霧氣吸了進去。下一秒鐘，十四道光箭重新自銀霧中現身，然而它們瞄準的目標赫然變成了歐蘭茲。

反彈回來的光箭陣形雜亂無序，歐蘭茲輕而易舉地避開了。雖然如此，他還是忍不住暗暗咋舌。

從剛才開始就一直是這樣，他的攻擊不斷被對方彈回去，不論哪種魔法都一樣，就連利用岩石所發動的物質攻擊也無法突破。這片銀霧就像是鏡子一樣，將魔力攻擊全部返還給攻擊者。

「呿，反擊型特殊魔法，再加上限定用途的魔操兵裝增幅效果嗎……」

歐蘭茲已經看穿了莎碧娜的技法。

艾默哈坦家的獨有魔法「永劫之型」，能夠吸收敵人的攻擊並將其反彈。而莎碧娜的「銀霧祭禮」，則是為了讓永劫之型發揮出最大效果而培育製作的魔操兵裝。這片銀霧正是永劫之型的最終型態，一旦隱身於銀霧之後，這世上就沒有任何東西可以威脅到莎碧娜。

這就是莎碧娜．艾默哈坦之所以被稱為銀霧魔女的理由，只要銀霧沒有消失，她就是無敵的！

「愚蠢，我看妳能撐多久。等到魔操兵裝消失，就是妳的死期了。」

歐蘭茲低聲咒罵。

他承認自己的確對永劫之霧束手無策，但相對的，莎碧娜也奈何不了他。永劫之霧的防禦堪稱完美，但在攻擊方面沒有太大的增幅效果。就像歐蘭茲無法突破莎碧娜的防禦一樣，莎碧娜的攻擊也對歐蘭茲起不了作用。

鏡之銀霧的產生必須仰賴魔操兵裝，但魔操兵裝的維持時間有限。莎碧娜就算竭盡全力，維持時間也無法超過四十分鐘，更何況她不可能真的支撐到極限時間，否則將會陷入靈魂安眠。

況且——開戰至今，已經過了二十分鐘。

莎碧娜的絕對時間已經用掉了一半，每流逝一秒，她距離敗亡就更近一分。勝利的天平正逐漸倒向歐蘭茲那一邊，眼前看似勢均力敵的戰況只是假象。

事實上，歐蘭茲根本用不著認真進攻，只要時間一到，莎碧娜就只有滅亡或逃跑這兩條路可選。然而他也有身為強者的矜持，比起那種帶有遺憾的勝利，正面打垮巔峰狀態的敵人要來得痛快許多。

「那麼，這個如何？」

歐蘭茲平舉雙手，凝聚在他身上的魔力強到令人作嘔。

「散——！」

巨大的魔力突然散開，但並非無序的流洩，而是圍繞於莎碧娜四周——更正確的說，是包圍了銀霧。

「滅——！」

歐蘭茲雙手合攏，他放出的魔力瞬間收攏，將莎碧娜所在的那片空間一同壓碎。

空間爆發出色彩斑斕的光芒。

光芒迅速消退。

銀霧依舊存在，但是規模比之前縮小了將近一半。

即使收穫了如此巨大的戰果，歐蘭茲卻不滿地咋舌。這招滅空之型曾經直接埋葬過一位王級魔法師，卻連眼前敵人的防禦都打不穿。

銀霧之後的莎碧娜臉色蒼白。

歐蘭茲剛才那一擊給她帶來了極大的負擔，銀霧祭禮的維持時間直接少了一半。

（這就是歐蘭茲……魔王的力量……）

雖然不甘心，但莎碧娜不得不承認自己不是歐蘭茲的對手。那種只能用荒謬來形容的魔力領域、精湛無比的戰鬥技術，以及各種從未見過的特殊型魔法，讓她根本找不到突破的機會，只能徹底防禦。

就像哈帝爾說的一樣，要打倒歐蘭茲只能用奇策——將對方的靈魂轉移到特別的容器裡，然後將其封印。

容器——

也就是，零（ZERO）。

強化人造兵本是為了對付魔王而製造的，所以莎碧娜才會特地幫強化人造兵取這個名字。

零的長相酷似莎碧娜，就連動作與習慣也極為相似。這並非巧合，也不是教育訓練的結果，而是因為——莎碧娜與零，嚴格說來其實是同一個人。

強化人造兵的製造原理，並不是從無到有憑空製造出一個魔力傀儡，而是以既有的人類作為仿造素體。如果以地球的說法，就是類似複製人（克隆體）的存在，但不同之處在於靈魂。

傑洛與地球不同，在這個魔力支配一切的世界裡，靈魂乃是世界賦予的微小印記。每一個生物的靈魂都源自於世界，並在肉體壞滅後回歸世界，毫無例外。

為了獲得理想的軀體，歐蘭茲準備了兩種方案。

第一種是，想辦法將原本屬於開放式容器的無機物改造成封閉式容器。歐蘭茲曾利用各種材料製造了四十六具身體，但沒有一具成功。

第二種是，將靈魂轉移到既有的封閉式容器（人類魔法師）裡面，等到容器壞滅，再找尋下一個。

世界對於靈魂的控制極為嚴密，因此歐蘭茲不得不採用第二種方案。

然而莎碧娜卻完成了第一種。

歐蘭茲是魔導科技的天才，但這世上有天賦的人不會只有一個。

在過去，由於貴族階級有意或無意的打壓，魔導科技的進步極為有限，因此歐蘭茲所掌握的技術才會看起來如此先進。然而傑諾在被封印之前，曾將自己所知道的魔王知識留下紀錄，而莎碧娜又不計成本地挹注資源，於是歐蘭茲無法解決的難題，被後代的魔導技師們以奇妙的方法克服了。

既然無法製造開放式容器，那麼何不製造出封閉式容器？

根據這個思路，人類複製技術誕生了。

但，那是有缺陷的技術，因為缺少了最重要的東西——靈魂。

靈魂是世界賦予自然生命的祝福，人工生命無法得到世界的承認，自然也沒有靈魂，因此複製出來的人類跟一具會呼吸的屍體沒什麼兩樣。

於是這些魔導技師心想：要是沒辦法得到靈魂，那麼讓有靈魂的人分一點出來不就可以了嗎？

根據這個思路，靈魂分割技術也跟著誕生了。

這就是強化人造兵的由來。

就這樣，莎碧娜製造出自己的複製人，並將自己的靈魂割裂一部分植入其中，無中生有地製造出如同分身的存在，也就是零。

由於零的靈魂是從莎碧娜身上割離的，一旦零被歐蘭茲侵蝕，莎碧娜等於永遠失去了那部分的靈魂，她的實力將大幅跌落，不再是王爵。

意即——封印歐蘭茲之後，她將永遠失去掌握雷莫王冠的資格。

她早已有了覺悟。

這個王位，本來就不是自己一個人的東西。自己是靠著那個人的犧牲才得到這一切的，但她從未期盼那個人的犧牲。既然如此，就算失去了也無妨。

所以，她絕不後退。

「……我不明白，妳到底在堅持什麼？」

對於莎碧娜至今仍然站在自己面前一事，歐蘭茲感到困惑。他看得出來，莎碧娜已經接近極限。如果想保命，現在正是逃跑的時候，但莎碧娜毫無退縮的跡象。莎碧娜隱身於銀霧後面，歐蘭茲看不見她那充滿覺悟的表情，因此猜測莎碧娜之所以會做出這種近乎自殺的舉動，必定是為了某種目的，但那會是什麼？

對於歐蘭茲的質問，莎碧娜理所當然地保持沉默。

「……也罷，只要殺了妳，不管有什麼陷阱都無所謂了。」

歐蘭茲下了一個簡單粗暴的結論。

就在這時——

「……什麼！」

他的臉色突然變了。

「妳……難道……？」

就在剛才，他感覺流向這具身體的力量中斷了。

會出現這種情況的理由只有一個。

「混帳！原來妳的目標是那裡！」

歐蘭茲立刻轉頭飛走，轉眼間就飆出了數十公尺遠的距離。莎碧娜原本想跟上去，但很快就放棄了。歐蘭茲的速度實在太快，她根本追之不及，只會平白浪費力氣。

「開始了嗎？」

用不帶情緒的聲音，她如此呢喃。

「……對不起。」

溫熱的眼淚流過她的臉頰。

※◆※◆※◆※

黑暗之中光芒流轉。

明滅不定的光線在地上、牆壁與天花板描繪出複雜的幾何紋路，將地下殿堂照耀得有如白晝。這種如夢似幻的畫面莫浩然是初次見到，不由得看到呆住了。

「好，全都完成了……已經截斷原來的流向……」

哈帝爾的聲音斷斷續續。雖然不是自己動手，但在時間緊迫以及不斷說話指點的雙重壓力下，他的傷口又迸裂開來，血跡滲透了衣服。

「接下來……把容器放在那裡……然後……把傑諾．拉維特放出來……快……歐蘭茲隨時會回來……」

雖然破壞了傳送紋陣，但哈帝爾不認為這樣就能阻止得了歐蘭茲。亡者之檻是他昔日的大本營，他對此地的了解勝過任何人。哈帝爾擁有的只是魔王一部分的知識與記憶，說不定在他不知道的那些部分裡面，就藏著可以回到此地的秘密路線。
就在這時，哈帝爾的後腦突然遭到重擊。
還沒來得及搞清楚發生了什麼事，這位亞爾奈公爵就昏了過去。
出手的人是紅榴。
「這樣就行了嗎，小桃桃？」
「嗯。接下來的事就拜託妳了。」
「啊啊，交給我吧。」
紅榴表情嚴肅地點了點頭。
就在獸人少女的注視下，莫浩然深吸一口氣，然後站到了原本應該要把零放置上去的位置。
「好，要上了！」
深吸一口氣，莫浩然啟動紋陣。

※◆※◆※◆※

「混帳！」
歐蘭茲憤怒地揮動手臂，地面被魔力刨出一道深深的爪痕。
這裡是某座山谷的深處，歐蘭茲當初建造的傳送紋陣之一就藏於其中。只是任憑他怎麼灌注魔力，傳送紋陣就是沒有反應。

歐蘭茲立刻衝上天空，掉頭離開。他知道對方在玩什麼把戲，地下殿堂那一側的傳送紋陣恐怕全都被破壞了，目的就是為了拖延時間，好對靈魂轉移紋陣動手腳。

（竟然中了如此膚淺的計策！）

歐蘭茲對自己的大意氣憤不已。

但，這又怎麼能怪他呢？誰能想到，王級魔法師只是一個用來拖延時間的棄子？誰又能想到，對方有一位了解靈魂轉移紋陣的魔導技師？

「雷莫之王與亞爾奈公爵竟然真的會聯手……」

歐蘭茲咬牙切齒地低語。

他不是沒想過這個可能性，只是因為機率太低，所以他就忽略了。畢竟就他所知道的情報來看，雙方不僅是宿敵，而且目前正陷入戰爭狀態。比起合作，更可能的是單方面的壓榨與利用，如此一來，「一國之王賭命拖延時間」這種事根本不可能成立。

但，還來得及。

要是他們以為破壞傳送紋陣就能阻止自己，那就太天真了。

歐蘭茲一邊詛咒一邊飛行，大約過了二十分鐘，他來到一片連綿的荒蕪岩山。聖殿就位於這片岩山底下。

歐蘭茲高舉雙手，四周的魔力瘋狂地湧到他的身邊。

「粉碎吧——！」

歐蘭茲雙掌下壓，巨大的魔力轟向地面，炸出了一個又深又大的坑洞。他再次凝聚魔力，往坑洞底部轟炸。這樣的動作持續三次後，歐蘭茲躍下坑洞，抵達了其中一個傳送房間。

歐蘭茲往通道踏出一步，然後停了下來。

有個人影擋住了通道的入口。

「去死！」

面對攔住自己去路的獸人少女，歐蘭茲二話不說直接一記魔法轟擊。

這一擊的攻擊範圍涵蓋了前方所有空間，除非退入通道，否則絕對閃不掉。但是一旦退入通道，獸人少女將會失去活動空間，只能任憑他宰割。

但是——

「哈啊啊啊啊啊啊啊啊啊啊啊！」

紅榴沒有閃避。

伴隨著咆哮，獸人少女朝著迎面襲來的光束揮出了拳頭。

就在歐蘭茲驚訝的注視下，紅榴硬生生將魔法撕裂了。

「什麼……？」

歐蘭茲愣然地看著這一幕，心想自己是不是看到了幻覺。

「妳……做了什麼？」

就連身為提問者的自己，也覺得這是一個傻問題，但他還是忍不住問了出來。

紅榴沒有回答，只是擺出了戰鬥的架式。

歐蘭茲的雙眉豎立，眼中充滿寒冷的殺意。他下定決心，這次一定要徹底毀滅眼前的獸人少女，他就不信，連腦髓都被挖出來的話，獸人這種生物還能活得下去。

※◆※◆※◆※

光芒沿著既定的粒子線不斷流轉，彷彿順著血管而流動的血液。

莫浩然閉上雙眼站在紋陣中央，他可以感覺得到有什麼東西正在身體深處一點一點地堆砌著，彷彿專業工匠精心雕琢的作品般，緩慢但完美地逐步成型。

莫浩然的身體對魔力絕緣，照理來說，靈魂轉移紋陣應該對他無效才對。

但是，這就出現了一個矛盾。

既然這具身體對魔力絕緣，那麼為何莫浩然還能使用移動型魔法？無論是瞬空之型、浮遊之型或天翔之型，其原理都是利用魔力承托與推動身體，使其快速移動。如果魔力對這具身體不起效果，那麼他根本就不可能使用移動型魔法。

莫浩然以前從未深究過這些事，直到他接受了傑諾的逆流記憶，才察覺到異狀。

傑諾對這件事的解釋是：這具身體雖然會排斥魔力，但對於主觀意識決定接受的魔力，並不會排斥。

莫浩然根據自己的理解，覺得這具身體就像是電腦的防火牆，會主動擋住外來的病毒（魔力），但要是使用者願意，防火牆就會有限度的開放，讓病毒（魔力）流進來。

現在他所做的，就是有意識地開放身體的魔力禁制。

正如傑諾所推測的一樣，充盈於紋陣裡面的魔力流入身體，並且逐步建立靈魂轉移的印記。只不過這種變化非常緩慢，就算仔細觀察也很難察覺。大概是因為歐蘭茲不想讓闖入者發現自己被烙上印記，才會如此設計的吧。

烙印速度的緩慢，讓莫浩然深感焦急。剛才地下殿堂發生的地震，恐怕就是歐蘭茲回來的證明。紅榴已經前去攔截，只是誰也不敢保證她能阻擋多久。

（快啊、快啊、快啊、快啊——！）

莫浩然不斷在心裡默禱。印記已經完成了百分之九十，剩下的百分之十依舊用緩慢的步調在建立，莫浩然不禁聯想起以前用老舊電腦讀取光碟的討厭回憶。

莫浩然打算代替零，把歐蘭茲的魂魄關進自己的身體裡面。

這樣的決定，任誰看來都會說是無謀之舉。

零當初在被製造出來的時候，就埋入了特殊的機關，其作用是將靈魂與身體的連結強制切斷，形成靈魂在身體裡面，但身體卻不受控制的情況。

如果硬要舉例的話，就像是把靈魂塞進陷入了持續性植物狀態——也就是俗稱的植物人——的身體裡面。如此一來，歐蘭茲就會徹底失去身體的主導權。

事實上，找一個腦部被破壞的人來代替也能達到同樣的效果。前提在於，這個人必須是魔法師，而且必須至少要是公爵、甚至是王爵級的魔法師，才有辦法完全容納歐蘭茲的靈魂。

那麼，莫浩然的身體又如何呢？

這具身體曾經與傑諾進行極限同調，發揮出公爵級的戰力，以容器的適性來看，無疑是合格的。但是這具身體並沒有像強化人造兵那樣的切斷機關，一旦被歐蘭茲得到，恐怕會造就出更加強大的怪物吧。

莫浩然很清楚這一點，但是，他賭上了另一個可能性。

「——你在做什麼？」

就這在時，耳畔響起了聲音。

是傑諾。

「又可以連線了？你還好嗎？」

雖然封印紋陣被魔彈炸壞，但莫浩然並不擔心傑諾會出事。他仍然可以使用魔法這件事，就代表他與傑諾的同調並沒有中斷，只是不知基於什麼原因，傑諾無法跟自己溝通而已。

「紋陣受損，精神波的滲透效率變得很差，光是維持同調就很勉強了，根本沒辦法用你的感覺器官接受情報。而且我被關了太久，時間感有點錯亂，有時候覺得只是過了一、兩秒的事，外面可能已經過了幾分鐘，甚至幾小時……不過那些都無所謂，重要的是，你在做什麼？」

「……就算我不解釋，你應該也猜得出來。」

「……啊啊，猜得出來。」

經過一段短暫的沉默後，傑諾回答。

「可是，你不是一個莽撞的人。就算你知道了強化人造兵的意義，並且想代替她，你也做不到。你根本沒有這樣的知識才對。」

「說來話長，而且也沒時間了。」

「你已經決定了？」

「嗯。」

「就算我現在中斷同調，讓你無法調動魔力也一樣？」

「這是最壞的結果，最後獲益的只有魔王。」

「……哈啊。」

傑諾嘆了一口長氣。

「敗給你了。跟剛來到這個世界的你相比，現在的你變得很討人厭。」

「那麼，請幫我。」

「我還有其他的選擇嗎？說吧，需要我做什麼？」

地面傳來微微的震動。紅榴與歐蘭茲的戰鬥餘波，連這裡也感受得到。

莫浩然睜開雙眼。

印記建立完成。

靈魂轉移，開始！

如果想找出一個字眼來描述此地，那麼再也沒有比「殘破不堪」這個形容詞更加適合了。

原本切割工整的正方體空間失去原來的形狀，變得像是充滿空洞的乳酪。到處都看得到裂痕與坑洞，大量的碎石與砂礫充斥四周，屬於人工建築物的形貌已消失殆盡。

在這廢墟的正中央，站著一位眉頭緊皺的銀髮女子。

「……難以置信……妳到底是什麼東西？」

歐蘭茲的目光落在前方的獸人少女身上。

暗淡的紅髮凌亂不堪，臉孔滿是血汙，渾身上下到處是傷痕。手臂與大腿的肉被挖走，可以看到白色的骨頭。右腹部開了一個洞，裡面的內臟隱約可見。無論怎麼看，那樣的身體就算沒有立刻斷氣，恐怕也離死不遠。

但是，獸人少女的眼神依然明亮。

金色的豎瞳燃燒著令人心悸的光芒，那不是瀕死之人該有的眼睛。

歐蘭茲知道獸人的身體非常強壯，但是從沒聽說過會強壯到這種地步。先前的戰鬥，他使出了高達四次的超強力魔法，每一次都是威力足以消融鋼鐵、無法閃躲的致命攻擊。然而眼前的獸人少女竟然全部承受下來，且至今仍然擋在自己面前。

也難怪歐蘭茲會說出「妳到底是什麼東西」這樣的話。

面對魔王的質問，獸人少女笑了。

她沒有回答，只是艱難地移動四肢，擺出戰鬥架式。

又是這樣，歐蘭茲心想。不管被打得多慘，受了多重的傷，獸人少女最後都會站起來，擋住自己的去路。

戰鬥至今，紅榴一直沒有主動進攻過，而是死守在通道入口前。她知道歐蘭茲急著想要趕回地下殿堂，要是她進攻，對方必定會尋隙衝入通道，所以她一步也不肯移動。

其結果，就是被歐蘭茲當成活靶。

即使如此，她還是堅持了下來。哪怕骨頭斷裂、血肉消滅，她還是沒有移動。她承受了無數次肢體被撕裂的痛苦，每一次都咬牙忍了下來。

歐蘭茲知道獸人擁有強大的自癒力，但眼前的情況已經不是那種程度的問題了。唯一能夠解釋的，就是這位獸人少女掌握了人類魔法師夢寐以求的技術——治癒魔法。

但是，那怎麼可能？

人類絞盡腦汁、耗費數百年都無法得到的技術，愚蠻的獸人又怎麼可能研究得出來？所以，問題必定出在獸人少女本身，而不是獸人一族擁有了超快速自癒的能力，或是其他的什麼。

歐蘭茲雙眼閃過銳光，他舉起右手，大量的元質粒子透過他所打出的洞穴從地上瘋狂湧入地底，然後激發出巨大的魔力。他凝聚力量的動作毫無防備——既然知道紅榴絕對不會主動衝過來，又需要防備什麼呢？要是真的衝過來了，他反而更歡迎。

魔力逐漸變成閃亮的雪片，在歐蘭茲身邊飄零飛舞，隨著數量的增加，雪片開始化身為華麗的暴風雪。當歐蘭茲揮下右手的同時，致命的風暴立刻撲向紅榴。

紅榴雙手護住頭部，壓低重心，用身體承受這場死亡風暴的洗禮。在千萬光刃的襲擊下，她的頭髮被削掉，血肉被斬裂，骨頭被切開，內臟被割破，全身上下沒有一塊皮肉是完整的。

但是——那樣的狀態也僅維持短短的一瞬間。

毛髮、血肉、骨髓與內臟在下一瞬間便痊癒了，接著繼續遭受光刃風暴的絞殺，然後再痊癒，再被絞殺。這樣的過程直到風暴平息才結束。

獸人少女依舊頑強地站在那裡。她傷痕累累，四肢不停地顫抖，身姿卻像是磐石一樣屹立不搖。

這一次，歐蘭茲看到了更多東西。不同於先前的攻擊，他這次刻意選擇了不會對視覺造成太大妨礙的超強力魔法，於是他愕然了。

「不只超速自癒，竟然還有屏障？兼具魔力阻隔與魔力流失的雙重類型？這怎麼可能！」

歐蘭茲忍不住大吼。

他看得很清楚，在斬中紅榴的瞬間，有些光刃突然縮小，有些光刃則是突然潰散。毫無疑問，這是防禦型魔法——而且是高階類型才能造就的效果。

歐蘭茲怎麼樣都想不明白，為何區區一個獸人少女竟然能夠使用魔法。

不，不只是歐蘭茲。從以前到現在，恐怕不會有任何一個人能夠理解這件事。追根究柢，在於人類對於獸人的認識實在太少。

「能夠從食物中攝取元質粒子」——人類魔法師認為這就是獸人強悍的秘密，並且滿足於這種程度的解釋，不再深入挖掘其中的原理。

然而，如果有某個魔法師願意深入思考的話，可以發現「從食物中攝取元質粒子」這件事，其實也就意味著「獸人的胃能夠攝取元質粒子」。

那麼，如果能夠攝取元質粒子的部分不只是胃呢？

要是獸人的臟器——例如肺部，甚至是皮膚都能夠攝取元質粒子的話呢？要是那些元質粒子隱藏於獸人體內，就連魔法師的利眼也看不出來的話呢？

如果這位魔法師願意更深入的鑽研，或許就能察覺獸人之所以個個充滿蠻力，是因為這樣才能更好的在野外生存下來。換言之，獸人為了適應環境，下意識地控制魔力強化自己的身體。

那麼，如果獸人其實能夠有意識地控制體內的魔力，並利用這股魔力進行強化身體以外的事情的話呢？

不只是人類，就連獸人也搞不懂自己真正的能力。他們光是靠著強悍的身體就能橫行荒野，在沒有外力逼迫的情況下，獸人已經習慣將精力用在肉體的鍛鍊上，從沒想過挖掘自身其他的能力。

事實上，獸人確實可以像人類魔法師一樣，用意志引導體內的魔力。

這就是獅子族最高秘法「獅子心」的真面目——魔力制馭技巧。

跟人類的操魔技術比起來，獸人的魔力制馭技巧其實非常粗糙。這是因為鮮少有人能夠踏入這個領域，難以將其內容系統化與精簡化的關係。模糊的字眼、似是而非的形容詞、大量的譬喻……種種問題更是讓學習的難度成倍增加。獸人們光是為了確保這個技巧能夠完整地傳承下去就已經費盡苦心，根本沒有多餘的精神去優化它。

然而也因為它的粗糙，反而為它賦予了令人驚異的效果。那就是，它在制馭魔力時不需仰賴理論或原理，只會依照使用者的意志而運作。

換句話說，只要「想要」就可以了。

紅榴不知道如何建立魔力屏障，但她也不需要知道。只要她抱著「擋下對方的魔法」這樣的念頭，體內的魔力就會自動形成屏障。這種憑藉著本能來制馭魔力的作法，與人類的魔法原理完全背道而馳，也難怪歐蘭茲無法理解。

「——啊啊，夠了！我不想繼續在妳身上浪費時間了！」

歐蘭茲煩躁地大吼。看不透紅榴的技法秘密這件事，令他惱怒不已。

「去死吧！不管妳會超速回復還是什麼，這一擊絕對會殺了妳！」

歐蘭茲一邊放出必殺的宣言，一邊高舉雙手。比前幾次更加龐大的魔力湧入他的身邊，形成死亡的漩渦。

紅榴感到一股惡寒。她的本能發出了警告，要她趕快逃跑。接下來的這一擊，絕對不是自己能抵擋的，要是再逞強下去，自己真的會死。

（——可是，那又怎樣！）

紅榴咬緊牙關，用鋼鐵般的意志力扼殺掉逃跑的欲望。

（好恐怖。要堅持。好想逃。不可以。會死。那也無所謂。想活下去。克服它吧。會被殺。這種事早就知道了。不想死。撐過去就不會死。一定要撐下去。一定要撐下去。一定要撐下去。一定要撐下去。一定要撐下去——！）

「唔啊啊啊啊啊啊啊！」

壓抑住顫抖，紅榴站穩腳跟，準備迎接截至目前為止最強、也是最凶惡的一擊。

「——唔？」

然後，歐蘭茲的動作突然中止。

就在已經抱著死之覺悟的獸人少女面前，魔王停了下來，同時雙眼失去了焦點。

※◆※◆※◆※

「……這是？」

歐蘭茲訝異地望著眼前的異景。

無垠的黑暗，還有飄浮於黑暗之中的光芒。

那樣的景象，就像是在宇宙中燃燒的恆星。

他知道那是什麼。同時，也明瞭了自己所處的狀況。

「將轉移的管道全部連結到這裡來嗎……！」

他咬牙切齒地說道。

如果現在的他擁有肉體的話，想必表情一定會是扭曲至極吧。

「……很好，那就來吧！你們的陷阱與我的力量，究竟誰更勝一籌！」

他已經明白對方的計策。

恐怕眼前這個靈魂所擁有的身體，就是那具「無法讓他為所欲為的靈魂容器」吧。

一旦奪取身體，就等於踏入敵人的陷阱，但他又不能不奪取，否則事態會變得更糟。

但，他絕不會讓對方如願。

對方會在容器上面動什麼手腳，他大致猜得出來。有關靈魂方面的學問他鑽研得比任何人都更早更深，不論是拉維特或哈帝爾，這部分的知識全都來自於他，他可以猜到對方會使出什麼樣的手段，並且準備反制的方法。

只是——

「這是什麼……？」

在接觸那個靈魂的瞬間，他察覺到不對勁。

無法侵蝕。

更正確的說，是不知如何著手。

已經重複了數十次，理應熟練得不能再熟練的侵蝕作業，竟在開頭就遭遇挫折。眼前的靈魂跟以前他所遇過的東西有點不一樣……不，豈止有點？這根本就是完全不同的東西！

「你們創造了靈魂？不可能！」

今天發生了許多令他驚訝的事，但沒有一個比這件事更讓他震驚。

靈魂是世界給予生命的祝福，沒有人可以無中生有的創造靈魂。這是絕對的法則，就算是歐蘭茲也逾越不了，一旦試圖跨過，就會被世界的反撲碾碎。

但，那又該怎麼解釋眼前的一切？

不對，這個與自己所知道的靈魂看似相同，卻又處處不同的東西，真的是靈魂嗎？他對此感到迷惘。

歐蘭茲的思考走進了誤區。

由於當初拉維特與哈帝爾在聖殿的那番對談，令他對這具身體有了先入為主的成見，忽略掉其他的可能性。

傑洛是一個魔力支配萬物的世界，就連靈魂亦然。

那麼——一個不屬於這個世界的人類，其靈魂又會跟傑洛的人類一樣嗎？

答案自然是否。

就如同蝴蝶效應一樣，再怎麼微不足道的差異，一旦涉及的尺度越大，改變的規模也越大。靈魂乃是世界（傑洛）賜予生命的祝福，換言之，它的變異程度同樣屬於世界級。即使是歐蘭茲，也不可能在短時間內就弄懂其中的差異。

「混帳！這是不可能的！你們……唔呃、呃呃呃……還繼續流進來……不對，這樣下去這具容器會被毀掉……」

一具身體只能容納一個靈魂，這是不變的鐵則。若是將兩個靈魂塞進同一具身體，下場只有兩種——兩個靈魂一起崩壞，或是身體崩壞。

「就這是你們的計畫嗎？愚昧的傢伙！」

會崩壞的必定是身體，他有那個自信。

這個以歐蘭茲為名的靈魂，凝聚了數十萬凡人的執念，才不會那麼簡單就被毀掉。一旦身體崩壞，他就能夠擺脫靈魂轉移紋陣的束縛，將哈帝爾等人統統宰掉。

「——抱歉，沒那麼簡單。」

突然，響起了意志的話語。

他看向前方，說話的正是那個自己無法侵蝕的異常靈魂。

「你到底是誰？」

他帶著不祥的預感發問了。

「我是即將封印魔王的人——」

說到這裡，那道聲音停頓了一下。

「——所以，就叫我勇者吧。」

「什麼……？」

就在他還沒來得及理解對方那句話的意思時，異變發生了。

※◆※◆※◆※

光輝流轉的紋陣中央，莫浩然正單膝跪地大口喘息。

他的雙眼、口鼻與耳朵流滿鮮血，就連呼吸也變得非常困難。每一秒鐘，身體就會多出一道傷口。神經承受著宛如刀削般的苦痛，肌肉與舌頭也都麻痺了。汗水、淚水與血水在腳邊累積成一窪紅色的水池。

「呃……啊……」

從喉嚨中擠出的只有呻吟。

五感已經模糊了，唯一能感覺到的只有痛苦。

「啊啊——喔啊——呃啊啊啊啊——！」

痛苦。痛苦。痛苦。

只有痛苦。

來自身體內側的痛苦。

彷彿永遠沒有盡頭的痛苦。

能夠明確感受到自己正在崩壞的痛苦。

痛苦每一秒鐘都在增強，彷彿沒有極限一樣。痛到想在地上打滾，痛到想哭著說請饒了我，痛到想要乾脆就此失去意識。

但是，不行。他必須撐下去。要是在這裡昏倒，一切就白費了。

的確很痛，但那又怎樣？跟同伴為自己所受的傷比起來，這種程度的痛苦只是剛好而已。

「太危險了，再這樣下去你會先死掉的！」

耳畔響起傑諾的警告。

如果莫浩然死了，這個計畫自然也就宣告失敗。從腳邊累積的血量來看，他很快就會因為失血過多而休克。

這就是賭注。

是歐蘭茲的魂魄先全部進來，還是自己先撐不住？只有這兩條路可選。

「快住手，現在還來得及！」

本來已經變得朦朧的意識，因為這句話而甦醒。

什麼東西還來得及？

自己逃跑，然後讓零變成容器這件事嗎？

絕對不行！

「哈啊──喔啊啊啊──」

他吟呻著，從已經枯竭的身體裡榨出體力。

痛苦。痛苦。痛苦。就連呼吸這件事也變得令人難受。空氣化為痛苦的助燃劑，將身體連同腦髓一起扔入痛苦的磨盤。跟這不知何時會結束、有如永恆般的痛苦比起來，死亡這件事還比較輕鬆。

「……我不懂，你為什麼要做到這種地步？」

莫浩然自己也不懂。要是以前的他，絕對不會做這種傻事。

他人的死活與己何干？自己的幸福才是最重要的。因為不期待他人的救贖，所以也沒必要拯救他人。人是孤獨又自私的生物，所謂相互扶持，只是將剝奪與乞討的行為美化而已。給予，然後獲得，但是兩者的重量絕對不可能同等，必定有一方得益，一方受損。他不想成為受損的一方。

「喔啊——啊啊啊啊——！」

眼睛已經看不見了。

原本鼻腔與嘴巴還能聞到鐵鏽般的味道，現在也都消失了。

聽覺不復存在，宛如被流放到無聲的世界。

唯有意識仍然清醒。

所以，他總算察覺到了。

察覺到自己仍然期待他人的救贖。

察覺到自己依舊期待這世上存在著善意。

察覺到自己的信念只是為了生存而堆砌的逞強。

那名黑髮少女，用行動告訴他這些事。

「喔——哈啊、啊啊啊啊啊啊——！」

終於抵達極限。

莫浩然的肉體開始崩壞，他的手指像是乾燥過頭的土塊，一點一點地化為沙塵。生命的沙漏已經流到盡頭，就連心臟的跳動也趨近停止。

使出最後的力氣，莫浩然用手掌抵住地面。然後，灌注魔力。

魔力沿著粒子線流動，開啟了另一個存在於此地，但並非靈魂轉移紋陣的東西。

在虛空封禁解除的那一瞬間，無限的光芒照亮了地下殿堂。

黑暗的視野化為純白。

回過神來的莫浩然，發現自己正飄浮於無垠的白色虛空之中。

「喲。」

背後傳來打招呼的聲音。

轉頭一看，後面站著一名褐髮男子。

感覺像是會整天泡在書堆裡面的臉孔、彷彿長期缺乏運動的瘦弱體格，還有似乎沒有睡飽的雙眼——以上就是褐髮男子給他的第一印象。

「……傑諾？」

因為實在跟想像中的模樣差得太多，莫浩然試探性地問道。

「啊啊，是我。」

褐髮男子點了點頭。

「……」

「怎麼了？那是什麼表情？」

「……不，沒什麼。」

為什麼莎碧娜會看上這種人呢？莫浩然完全無法理解。所謂一朵鮮花插在牛糞上，指的大概就是這種事了。雖然不想隨便批評別人，但他打從心底覺得雷莫女王挑對象的眼光真該好好重新磨練一下。

不過，現在不是研究這個的時候。

「——所以，成功了嗎？」

「雖然過程很驚險，不過成功了。」

莫浩然如釋重負地嘆了一口氣。

「真是的，竟然想出這種計畫，真不知道你究竟哪來的膽子？那時候可是真正的一秒之差哦！要是我不小心跌倒或突然打個噴嚏什麼的，一切就完了。」

褐髮男子，也就是傑諾．拉維特，一邊搔頭一邊大發牢騷。

莫浩然的計畫，事實上只是將哈帝爾的計畫拿來稍微做點改變而已。原本用來充當靈魂容器的零，由莫浩然來頂替。接著釋放傑諾，由他來負責封印自己的身體。

老實說，沒有必然成功的自信。由於牽扯到太多不確定的因素，成功機率能有百分之五十就已經是老天保佑。

「反正最後成功了嘛。」

「結果好等於一切都好嗎？我最討厭這種論點了。」

傑諾嘖了一聲，一臉無法苟同的表情。

「你到底是來幹嘛的？特地來跟我抱怨的嗎？」

「我還沒閒到那種地步。跨越次元的精神連結可是很麻煩的，我剛剛才把歐蘭茲封印住，累得要死。最重要的是，現在的我沒辦法讓法術維持太久，沒時間跟你講廢話。」

傑諾過去之所以強大，是因為體內有著歐蘭茲的魂魄。如今歐蘭茲被封印，他也就失去了那股能夠以一人對抗一國的力量。如果不是利用了歐蘭茲儲藏於地下殿堂的資源，他也沒辦法跟莫浩然聯繫上。

「我是來尋求解答的。」

「解答……？」

「我之前問過了，你究竟是從哪裡得到想出這個計畫的知識，記得嗎？」

「……就為了這個？」

「當然。」

莫浩然雖然覺得對方實在是小題大作，但還是用行動做出回答——也就是用手指指著傑諾。

只是，傑諾看起來並沒有太過驚訝。

「這樣啊，是因為極限同調的關係嗎？」

「嗯。」

「是嗎……原來還有這樣的副作用，以後不能再……不，算了，反正以後的我也沒那個能力使用了。」

傑諾自嘲的笑了一下。

「弄清楚我的知識來源這件事有這麼重要嗎？」

「當然。畢竟我們之間的情報聯繫曾經中斷過一陣子，如果你是被哈帝爾或者其他人慫恿的話，這個計畫很可能存在什麼後遺症。我可不想被你挖的坑害死。」

「……嗯，看來你果然是真的傑諾。這種超級惹人嫌的說話方式，也只有你才會有。」

「怎麼，你以為我是假的？」

「畢竟我已經回去了嘛。誰知道你是不是封印失敗，被魔王奪取身體了。」

兩人互相對瞪。

「……」

「……」

然後，兩人同時笑了出來。

「對了，我得跟你道歉。」傑諾突然說道。

「怎麼了？這麼突然。」

「關於你的身體……當初我說為了節省力氣，所以把不必要的部分去掉了，那個理由是假的。」

「咦？」

「其實就算把那玩意兒做出來費不了多少力氣，只是擔心你因為生理衝動做出傻事，所以才會把它拿掉。畢竟魔法師是很受歡迎的，哪怕是最低位階的魔法師也一樣，經常會有年輕女孩主動送上門，我看過太多耽溺肉慾而墮落的例子，你又正值最容易被慾望沖昏頭的年紀。」

莫浩然一臉愕然地看著傑諾。

這樣說起來，他感覺自己好像失去了很多東西。

「你……」

莫浩然想要罵人，但一時間不知道該罵什麼才好。你剝奪了我得到豔遇的機會？好像哪裡怪怪的。

最後，莫浩然只能長長嘆一口氣，畢竟那已經是屬於「過去」的事了。

只是，心裡那股不甘心的情緒實在消不去。

「那麼，保重了。」

傑諾轉身離開，他的身影逐漸變淡。就在這時，莫浩然靈機一動。

「——這次要好好聽女朋友的話哦！以後做事別再自作主張了！」

莫浩然大喊，於是那個不再是大法師的男人用力往前一跌。覺得自己總算扳回一城的莫浩然哈哈大笑。

就在這時，夢醒了。

※◆※◆※◆※

睜開雙眼，映入眼簾的是一片白色的天花板。

深吸一口氣，可以聞到一股屬於醫院的特有氣味。

莫浩然從床上坐了起來。

母親正躺在一旁的椅子上休息。她睡得很熟，連莫浩然醒了都不曉得。沒有時鐘，不過從窗外射入的光線角度與強度來判斷，現在應該正值凌晨時分。太陽剛升起不久，天色一片灰濛。

莫浩然反射性地摸了摸自己的胸口。

沒有傷痕。

他長長地吐了一口氣。

結束了。

漫長的旅程，終於劃下了句號。

他閉上雙眼。

不知為何——心中湧現的喜悅，並沒有想像中來得大。

明明在異世界的時候，無時無刻都在想念地球的生活，有空時就會思考回來以後一定要做這個、一定要做那個。如今真的回來了，腦中反而變得一片空白，那些構思好的計畫彷彿被人施了什麼奇怪的魔法一樣，突然間失去了吸引力。

他轉頭看向窗外。

馬路上只有零星的車子，空曠的街景充滿了莫名的寂寥感。

他就這樣靜靜地凝視著窗外，直到陽光將風景染成金黃。

「……我回來了。」

然後，他低聲呢喃。

終末日 06

每個人的明天

雷莫首都巴爾汀內城區的某處宅邸，最近換了主人。

房屋轉手並不是什麼值得大驚小怪的事情，但若是發生在內城區——不管哪一座城市都一樣——就代表某個貴族倒了楣，要不然就是某個貴族獲得提拔，或者兩者皆有。

這座更換了主人的宅邸位於內側城門附近，會住在這個區域大多是下級貴族。然而這一天，宅邸的門口卻停滿了豪華獸車，從配備的華麗與騎獸的種類來看，這些獸車全是高階貴族才負擔得起的高級貨色。

乘坐這些豪華獸車而來的貴族們，此時全部聚集在宅邸的會客室裡，與宅邸主人談笑風生。

「不愧是侯恩先生，說得真是有道理。」

「那當然，侯恩先生一向見多識廣，不然怎麼能做出那麼多好書呢。」

「真希望我也能像侯恩先生一樣睿智。」

「侯恩先生可說是文化界的希望吶。」

一名年輕人帶著矜持的笑容接受眾人的吹捧。

這位年輕人名叫西格爾．侯恩，他就是這座宅邸的主人，同時也是巴爾汀這半年最熱門的話題人物之一。

身為一介沒有姓氏的平民，卻因為獨特的眼光與卓越的編輯手腕而受到女王的賞識，特地賜予姓氏與爵位。據說他每個月都會受到黑曜宮的邀請，與女王面對談話。這樣的殊榮就連伯爵都不可能擁有，也難怪此人雖然只是區區二等勛爵，卻有那麼多高階貴族願意降貴紆尊，前來拜訪作客了。

「好了，各位。」

西格爾輕輕拍了拍手，眾人的注意力全都集中到他身上。

「愉快的時間過得總是特別快。雖然很想再跟大家多聊一下，遺憾的是，在下等會兒還得去黑曜宮赴約。今天的茶會就到此結束吧，若有怠慢之處，還請各位包涵。」

眾人聞言連忙搖手，紛紛表示他們對今天的茶會毫無不滿。

開玩笑，他們就是知道西格爾今天要進宮，才會特地組織這個茶會，為的就是要讓這傢伙在女王面前提起自己，有哪個白痴會在這時候搬石頭砸自己的腳？

將客人送走後，西格爾前往房間更衣。他挑了衣櫃裡面最昂貴、一件就要五枚銀夸爾的禮服，這是他得到爵位時的那一天忍痛訂做的，平時一直珍藏著，只有去黑曜宮的日子才捨得拿出來穿。

在鏡子前面過分地整理好自己的儀容後，西格爾對著房間另一側的牆壁合掌膜拜，喃喃自語

「桃樂絲大人、老爹，請保佑這次也跟往常一樣順利。」

牆上掛著兩幅不同大小的畫像，大的那一幅畫著一位白髮少女，小的那一幅則是頭髮稀疏的中年人。

雷莫不流行祭拜鬼神，但有崇敬先祖的傳統。將死去的親朋故友畫成畫像禱念是雷莫流傳已久的習俗，就連貴族也會這麼做。

接著西格爾拿起放在書桌上的皮包，打開來進行最後的確認。皮包裡面放著好幾本厚厚的筆記本以及各式文具。他點了點頭，拎起皮包搭乘自己不久前剛買的獸車（二十期無息分期貸款）前往黑曜宮。

獸車在街道上緩緩前進，望著窗外的風景，西格爾心滿意足地嘆了一口氣。

他從來沒想過，自己竟然也能過上這樣的生活。

被老爹撿到，以旅行商人的身分活了二十二個年頭的他，如今卻搖身一變成為貴族。現在的他再也不用為商品賣不出去而發愁，也不用為明天在哪裡擺攤而煩惱，往日需要仰視的人物，此時自己已經可以反過來俯視他們了。

（這一切都是因為桃樂絲大人啊……）

西格爾在心中默默地為那位已經不在人世的大人獻上感激。

半年前，桃樂絲一行人隨著大軍出征，獨留西格爾一個人在首都。

雖然頂頭上司不在，但他依然兢兢業業地努力工作，沒想到大軍回歸後，帶給他的卻是天大的噩耗——桃樂絲戰死！

收到消息的那一刻，西格爾感覺自己的人生開始崩潰，幾乎要當場昏倒。然而接下來他收到的消息，卻將他由絕望的谷底撈了上來。

伊蒂絲並沒有死，女王很欣賞她的才華，希望伊蒂絲能繼續在文學創作的道路上前進。身為伊蒂絲的責任編輯，西格爾也得到了女王關注的目光。就這樣，西格爾糊裡糊塗地變成了文學界炙手可熱的明星編輯，他開了一家書坊，出版的書籍本本暢銷——當然最熱賣的還是伊蒂絲的書。

西格爾是個感恩的人，他知道自己能有今天，全是多虧了桃樂絲，要不然吃這行飯的人那麼多，哪裡輪得到自己？

想必是因為桃樂絲在上次的討逆戰爭中表現不俗，女王才會對她的同伴另眼相看吧。西格爾甚至懷疑桃樂絲之所以會戰死，恐怕就是因為幫女王擋刀之類的狗血理由。

就在他胡思亂想的時候，獸車抵達了黑曜宮的大門。

西格爾在侍女的引導下來到了等候室。這裡是專門給等待女王接見的人們休息的地方，空間非常寬敞，裡面塞滿了官員與貴族。

見到西格爾，差不多有一半的人主動前來打招呼。至於那另外一半的人，其中又有一半面帶笑容，另一半則是表情漠然。

女王的行程很滿，就算到了約定的時間，也很可能會因故延後，等上一天也是很常見的事，因此等候室永遠人滿為患。不過西格爾就沒有這種顧慮，截至目前為止，女王從沒有一次延後他的會面，這也是他被人視為受寵的證明。正因如此，就算是對西格爾的上位感到不屑的人，也不敢當面對他冷嘲熱諷。

西格爾看了看牆上的時鐘，自己比約定的時間早來了二十分鐘。這樣很好，適度的等待可以給人——尤其是女王——留下好印象。

眾人在等待期間不免會閒聊，西格爾看似不在意、實則專注地聆聽著。對踏入貴族社會不久的他來說，這是非常重要的消息管道。他會提早來此，有一半的原因就是為了這個。不過，大部分都是有聽沒有懂的消息。

「聽說了嗎？與亞爾奈的談判似乎有進展了。」

「我想也是，那邊也不想全面戰爭吧。」

「不過對面竟然是由那個克拉倫斯．哈帝爾主導和談的，據說當初提案挑起戰爭的是他，現在要和談的也是他，真搞不懂那傢伙究竟在想什麼。」

「即使立場搖擺不定，還是能夠穩穩地坐在那個位子上，這才是公爵呀。」

像這種有關戰爭的情報，對他來說太遙遠了。

「你知道嗎？關於亞爾卡斯大人的事情。」

「哦哦，我聽說了。他前陣子提拔了兩個窮酸下位貴族，還說什麼那兩人在對亞爾奈的戰役中立了大功。」

「不是那個啦，我是說他的父親物色兒媳婦這件事。」

「可真勤奮吶，不過亞爾卡斯大人年紀也不小了，我能體會他父親的心情。」

「重點是亞爾卡斯大人拒絕了，而且可真絕。」

「什麼理由？」

「亞爾卡斯大人竟然說：『我的心早已被桃樂絲俘虜了，在走出失戀的傷痛前，我不想再跟任何女性交往』耶。哈哈哈哈！」

「啊……哦……」

「你怎麼了？臉色這麼難看……等等……難道……？」

「其實……我也對桃樂絲……」

雖然對那個話題有點興趣，但他覺得還是別隨便介入比較好。

「札庫雷爾大人的妻子好像懷孕了喲。」

「呵，這不是好事嗎？看來得準備賀禮了。」

「不過札庫雷爾大人的眼光應該很高吧，要什麼樣的禮物才能打動他，不會被他退回來呢……」

這個情報很重要！他連忙記在心裡，回家之後也準備一份。

這時，等候室另一側的大門打開了。眾人的交談聲全部停止。

「侯恩勛爵，女王召見。」

門後的官員大聲說道。

於是西格爾帶著矜持的笑容，在眾人的目送下離開。

「呃，其實對於兩位上次所說的部分，我在回家研究之後，發現了一些問題。」

西格爾邊說邊用鉛筆搔了搔頭。

在女王面前，這樣的舉動實在有失莊重。要是有侍女在場的話，說不定還會惹來嫌棄的眼神。不過此時這個房間只有四個人，而且女王也說過「放輕鬆一點沒關係」這樣的話，所以他也就不客氣了。

有時適當的露出一些缺點，反而更容易搏得大人物的歡心——這是西格爾當了二十二年小人物的經驗談。

「那個，我看看——唔，首先是關於男主角……根據陛下的說法，男主角是個長相普通、我行我素、自以為是、嘴巴像刀子一樣的人。女主角則是聰明美麗、溫柔體貼、心地善良的完美女性。」

在西格爾低頭唸誦筆記的時候，坐在他對面沙發上的傑諾看向莎碧娜，莎碧娜則是轉頭看向天花板。

「可是史萊姆先生的說法不太一樣……他說男主角要英俊帥氣、智勇雙全、性格溫和。女主角卻是專斷蠻橫、唯我獨尊、自我中心。」

莎碧娜猛然轉頭看向傑諾，這次換傑諾專心研究天花板的紋路。

「兩位的說法截然相反，我不知道應該要以誰的意見為主……」

「用我的！」

「當然是我！」

莎碧娜與傑諾同時開口，然後彼此瞪視。

「……你可真敢講啊，傑諾——不，傑克．史萊姆先生。英俊帥氣？智勇雙全？性格溫和？呵呵、呵呵呵。」

「……妳還不是一樣。聰明美麗？溫柔體貼？心地善良？這是在說誰呀？」

「只是實話實說而已。不過我真沒想到，原來在你的眼中，那位女主角竟然這麼糟糕。既然這樣，男主角又為什麼會看上她呢？」

「其實我也有相同的疑問。要是男主角這麼差勁，女主角根本沒有看上他的理由吧。」

兩人就這麼吵了起來。

西格爾一邊催眠自己什麼也沒聽見，一邊低頭裝作研究筆記。

這樣的情況已經出現很多次了，他已經由一開始的驚慌失措，進步到學會裝聾作啞。反正過沒多久，那兩人就會像是什麼也沒發生似的重新跟自己討論故事的相關設定，要是隨便插嘴的話反而會被瞪，女王的靈威可不是那麼好消受的。

西格爾表面上裝得很平靜，事實上他的背部冷汗直流。

能夠跟女王這樣吵架的男人，這世上有幾個呢？

從那個名叫傑克．史萊姆的男人的身上，感覺不出身為他人臣子該有的謹慎或敬畏，彷彿他與女王的立場是平等的一樣。

（簡直就是夫妻……不對！我什麼都不知道！）

西格爾警告自己別再多想。

雖然外界有關女王的緋聞流言從來沒有停過，而女王看起來也懶得理會那些閒言閒語，但要是自己敢加入那些好事者的行列，恐怕很快就會腦袋搬家。

（無心……無心……我是個專業的編輯，是個正在幫作家取材的編輯……身為專家，就該有專家的素養……我什麼都沒有聽到……什麼都沒聽到……）

西格爾強迫自己將注意力投注在筆記上。

這本筆記就是西格爾能夠經常前往黑曜宮作客的理由。

之前那本《歸家紀實》——別名《女王大冒險》——的虛構小說，在貴族社會掀起了不小的風潮。女王似乎對這個現象很感興趣，要求西格爾與伊蒂絲根據她提供的點子寫出一部小說。

小說內容沒什麼新意，主要是描寫身分懸殊的男女主角在經過諸多波折與誤會後，終於如願結合的愛情故事。每次討論故事設定時，那位傑克．史萊姆先生必定會到場。

老實說，西格爾嗅出了濃濃的陰謀味。

恐怕女王打算利用這部小說達成什麼目的吧？但西格爾努力說服自己不要亂想。身為一個專業人士，只要努力完成交付自己的工作就行了。沒錯，就是這樣！

這時，西格爾的眼角餘光瞄到了這個房間裡面的第四個人。

猙獰的面具、黑色的大衣，那個留著一頭黑色直髮、腰間佩劍的古怪女人，正像尊雕像一樣直挺挺地守在房間門口。

結果，他又忍不住胡思亂想起來。

據說那個面具女人以前就是女王的貼身侍衛，那麼她當初為什麼會跟在桃樂絲身邊呢？難道……？或許……？說不定……？各式各樣的猜測在腦子裡不斷旋轉，讓他心神不寧。

「我們繼續吧。」

就在這時，莎碧娜的聲音將西格爾的思緒猛然拉回。

「是、是的！」

西格爾驚醒過來，然後努力擺出嚴肅的表情。

度過了只能用驚濤駭浪（心情上）來形容的一小時，西格爾總算從地獄中被解放了。

雖然對下位貴族來說，與女王見面長談一小時這件事是值得記住一輩子的無上殊榮，但要是身邊充斥著太多禁忌情報的話，殊榮也會變成拷問。如果不是因為後面還有很多官員等著接見的話，拷問時間會變得更長。

「期待你趕快將資料整理好，侯恩勛爵。」

女王臨走前發話了。西格爾還不至於蠢到聽不懂其中的暗示。

「當然，在下一定會竭盡全力做好這本書。可以讓我跟伊蒂絲小姐見面嗎？我想先將整理好的資料交給她，順便規劃一下今後的寫作行程。」

「去吧。」

「是！非常感謝！」

取得同意後，西格爾帶著雀躍的心情走出房門。

要說為什麼的話，理由在於伊蒂絲目前正處在不能隨便見客的狀態。

因為《歸家紀實》實在太受歡迎，以至於老是有貴族派人騷擾伊蒂絲。茶會、舞會、宴會，甚至是相親的邀約從沒斷過，讓伊蒂絲不勝其煩，連寫作速度都受到了影響。

俗語說得好，等待會讓晚餐更加美味。但要是等待的人變成了一國之主，餐桌可是隨時有可能被掀翻的。

為了不受外界影響，伊蒂絲暫時借住在黑曜宮，把王家圖書館當成工作室。看在外人眼中，這又是一份無上殊榮，於是伊蒂絲的名氣變得更加響亮，書也變得更加暢銷。

西格爾在王家圖書館的深處找到了正在振筆疾書的伊蒂絲。

原本短短的銀髮留長了，專注於工作的樣子看起來極為美麗。西格爾迷戀地看著伊蒂絲的側影，差點忘記自己是來做什麼的。如果不是因為伊蒂絲察覺了他的呼吸聲而轉頭，恐怕他會一直站到晚上。

「是你啊。」

「是、是的！是我西格爾沒錯！工作辛苦了，伊蒂絲小姐！」

「坐吧。」

伊蒂絲用筆指了指眼前的椅子，西格爾一臉高興地跑過去。

交付資料、談論細節、安排行程，轉眼間該討論的都已經討論得差不多了，但西格爾不想讓這段美好的時光就此結束，因此絞盡腦汁思考還有什麼話題可用。這時他靈光一閃，想起剛才在等候室聽到的、某個未經證實的消息。

「對了，您知道嗎？紅榴小姐似乎當上族長了哦！」

桃樂絲死後，紅榴便與眾人告別，回到故鄉去了。

獅子族的活動範圍不在雷莫，因此要打聽紅榴的消息並不容易。原本西格爾以為伊蒂絲會對紅榴的上位諷刺個一、兩句，沒想到對方的反應出乎意料。

「是哦。」

伊蒂絲只是平淡地回了一句，連表情也是毫無波動。

「呃……就、就這樣？」

「怎麼了？」

「不，那個……以前伊蒂絲小姐跟紅榴小姐……怎麼說呢……雖然經常吵架，但感情似乎很好……我以為……」

伊蒂絲輕皺眉頭，然後嘆了一口氣。

「西格爾，我說過，以前的事我都不記得了。你忘了嗎？」

「啊，是，我當然記得。那真是非常令人遺憾的悲劇。」

伊蒂絲喪失了記憶。

詳情西格爾並不清楚，只知道她在那場討伐戰爭中頭部受創，導致記憶缺失。她完全忘記了桃樂絲等人的事情——其中當然也包括西格爾。

不過就算失去記憶，她對寫作的熱情似乎並未忘卻。在看到自己以前寫的《歸家紀實》手稿後，她似乎打從心底認為自己其實是一位小說家，每天都在認真工作。以前的伊蒂絲經常把「歐蘭茲大人如何如何」掛在嘴邊，現在換成了「劇情架構應該如何如何」，那種三不五時就會突然冒出來的雙重人格說話方式也不見了，這或許可以說是長大的證明吧？西格爾心想。

「……不過，沒想到那個獸人也變成大人物了啊。」

伊蒂絲看向窗外，露出懷念的眼神。

「我還記得……第一次見到她的時候，她抱著我一直哭，還一直說些莫名其妙的話……什麼『太好了，妳回來了』之類的……而且當時的她渾身是血，嚇了我一大跳。」

「哦……」

西格爾暗暗咋舌。那個強壯到簡直跟怪物沒兩樣的紅榴竟然會渾身是血？當時的戰鬥一定很慘烈吧，難怪伊蒂絲會喪失記憶了。

「總之，就是這樣。你還有事嗎？沒事的話就請回吧，我要繼續工作了。」

「啊，是的！請加油！」

西格爾聞言連忙告辭。

走出王家圖書館，這位年輕的新晉貴族做了一個深呼吸。

「加油啊，西格爾．侯恩，你還有機會！伊蒂絲小姐失去記憶，對你的印象也重新歸零了，這正是在她心中建立新形象的時候！你已經不是僕人了，而是可靠的工作夥伴！」

西格爾低聲為自己打氣。

「桃樂絲大人，請您在天上為我加油吧！」

西格爾對著天空舉拳吶喊，他的心中充滿幹勁。

終末日 07
然後……

時間是八月，大學放榜的日子。

那天晚上，吳守正約了莫浩然一起去ＫＴＶ唱歌狂歡，理由是慶祝兩人成功考上大學。雖然對於兩個大男人關在小房間裡面唱歌，究竟有何樂趣一事感到困惑，但莫浩然拗不過對方，最後還是答應了。

兩人無視未成年不得飲酒的法律，大概喝了有六瓶之多。附帶一提，莫浩然只喝了一瓶。

原本吳守正根本沒有繼續升學的打算，而且憑他的成績也很難考上大學。雖然現在三流大學的錄取分數低得離譜，但他的成績卻連那種程度的及格線也搆不著。

「反正我老爸有錢，去國外隨便買張文憑回來就得了。」——過去的吳守正經常將這種話掛在嘴邊。

因為莫浩然曾說過不想升學，因此吳守正對於有人陪伴自己一事感到非常安心。沒想到一年前，莫浩然竟然說自己打算考大學，狠狠背叛了他的信賴。

平時兩人經常混在一起，如今莫浩然把時間拿去讀書，吳守正便覺得無聊了。因為閒著發慌，某一天他不小心說了句「那我也來考考看好了」，就被莫浩然硬拉去讀書。結果就是，吳守正總算讓自己的分數摸到了三流大學的及格線。

雖然是不怎麼樣的學校，但吳守正本人倒是挺滿足的。他的雙親也很高興，認為這是兒子洗心革面的證據，所以在放榜當天給了他很多零用錢。

因為太過興奮的關係，吳守正喝得又快又急，沒多久就醉倒了。用吳守正的錢坐計程車把人送回家後，莫浩然很幸運地趕上末班公車。

車子裡面空空蕩蕩，充斥著一股奇妙的孤寂感。

今晚天空沒有雲，可以清楚地看見銀白色的彎月。

於是，他想起了那有著四個月亮的世界。

雖然已經過了一年，可是感覺就像昨天才發生的事情一樣。就算是現在，他還是偶爾會夢到自己被怪物追殺。

然而人不能永遠活在過去，莫浩然在出院後，便已經轉換好了心情，開始迎接原來的人生。

那一晚的殺手後來被趕跑了，因為蛇哥同樣在夜總會裡面藏了好幾把槍。不過事情鬧得太大，有好幾個人被流彈波及而送命，如果不是遇到傑諾，莫浩然的名字也會被列入無辜死者的名單之中。

警察封鎖了夜總會。蛇哥手下的幾個小弟出面自首，承認槍是他們的，殺手也是衝著他們來的，至於理由則是爭風吃醋。蛇哥自己則是到處調動人手與武器，準備跟幕後黑手好好幹上一場。

至於倒在夜總會後巷的莫浩然，由於沒有明顯外傷，再加上夜總會沒人承認認識他，因此警方沒有把他列為重點調查對象。蛇哥對警察的說詞是，莫浩然是來找他借錢讀大學的，完美地解釋了莫浩然身上那三十萬的由來——至於昏倒後巷一事，大概是被槍聲嚇到了吧。

後來蛇哥私下送來口信，說一切都打點好了，這把火燒不到莫浩然身上，要莫浩然趁機與夜總會斷絕關係，不過那三十萬還是要還，除非他掛了。

在那之後，莫浩然再也沒聽到蛇哥的消息。

一切的波瀾彷彿變魔術一樣，突然全都平息了。

在那之後，莫浩然開始準備考大學。

他說不出是什麼促使自己改變心意的，只是經歷了一趟異世界之旅後，他覺得一意孤行、自作主張所做出的決定，似乎很難有好下場。除非你的運氣夠好，而莫浩然覺得自己的運氣一向不佳。

莫浩然靜靜地望著窗外的月亮。

以前還想著傑諾會不會聯絡自己，但隨著時間的經過，這份期待也漸漸變淡。在他心中，異世界之旅已經變成了一段類似短期打工的回憶。

或許正如道別時所說的一樣，傑諾已經失去力量，再也沒有辦法施展法術。如果他真的跟莎碧娜在一起，將來注定是妻管嚴的命。還有零、紅榴、伊蒂絲與西格爾、亞爾卡斯、札庫雷爾……不知道他們過得還好嗎？

想到過去的那些人，莫浩然忍不住露出微笑。

不過，微笑很快就轉為自嘲。

明天就去找份打工吧，莫浩然邊想邊伸了一個懶腰。

然後——

「請問，你想不想當勇者？」

耳畔響起了用莫名其妙的字句所組成的話語。

「……不會吧？」

莫浩然傻眼了。

《打工勇者07》完

《打工勇者》全套七集完結，全國各大書店、網路書店、租書店持續熱賣中！

後記

於是，《打工勇者》結束了。

如果沒有意外的話，這本書應該會在二〇一八年的年初出版，而第一集的出版日期是二〇一五年七月，感謝各位讀者願意跟我一起度過這兩年半的時間。

在撰寫本書時，有順便進行一些新的嘗試，例如某些地方的遣詞用字。因為是微小的改變，所以大概只有老讀者感覺得出來。雖然這次實驗所得到的效果有些微妙，但也算是難得的經驗。

其實《打工勇者》的世界觀設計與格局是可以寫上十幾本的，還有很多地方可以發揮，像是「跟紅榴回到獅子族，幫助她當上族長」啦、「介入雷莫雙壁的家族事務，使主角得到堅實的政治盟友」啦、「到另外三個國家開副本，讓主角升級」啦……這樣算一算，搞不好寫上二十本都有可能呢。可是基於諸多考量，最後還是決定在七集劃下句號。

說實話啦，還是有點意猶未盡的感覺，畢竟每個角色都還留有深入挖掘的價值，就這樣結束，不免有點草率了結的味道，或許再寫個兩本會讓故事更加完整……啊，不，請別誤會哦，編輯，我這絕對不是在抱怨或施壓，只是基於專業人士的立場提出一點意見……咦？小說作者算什麼專業人士？不，那個，就是專業說故事的……不，那個，談銷量就太……好吧，我知道了，是我不對總可以了吧啊啊啊啊啊啊啊（淚奔）！

對了，我故意寫了一個開放式的結尾。這個聲音究竟是主角的幻聽？還是真有其事？這就留給讀者自己去想像吧。

最後，照例要特別感謝一下夜風大師。即使忙得要死，每一集的封面與彩頁卻依舊保持著高水準，實在是太令人欽佩了。大恩大德不勝感激！

希望下一部新作品推出的時候，還能再看到大家。

天罪　二〇一七年十一月

羊角系列045

打工勇者07（完）

出版者■典藏閣
作　者■天罪　繪　者■夜風
企劃編輯■七舍　美術設計■Aloya
總編輯■歐綾纖
製作團隊■不思議工作室
郵撥帳號■50017206 采舍國際有限公司（郵撥購買，請另付一成郵資）
台灣出版中心■新北市中和區中山路2段366巷10號10樓
電　話■(02)2248-7896　傳　真■(02)2248-7758
物流中心■新北市中和區中山路2段366巷10號3樓
電　話■(02)8245-8786　傳　真■(02)8245-8718
ISBN■978-986-271-800-1
出版日期■2018年2月

全球華文國際市場總代理／采舍國際
地　址■新北市中和區中山路2段366巷10號3樓
電　話■(02)8245-8786　傳　真■(02)8245-8718

新絲路網路書店20
地　址■新北市中和區中山路2段366巷10號10樓
網　址■www.silkbook.com
電　話■(02)8245-9896
傳　真■(02)8245-8819

☞您在什麼地方購買本書？☜

1. 便利商店（________市／縣）：☐7-11 ☐全家 ☐萊爾富 ☐其他________

2. 網路書店：☐新絲路 ☐博客來 ☐金石堂 ☐其他________

3. 書店（________市／縣）：☐金石堂 ☐蛙蛙書店 ☐安利美特animate ☐其他____

姓名：________地址：________________________

聯絡電話：____________ 電子郵箱：________________

您的性別：☐男 ☐女 您的生日：西元________年________月________日

（請務必填妥基本資料，以利贈品寄送）

您的職業：☐上班族 ☐學生 ☐服務業 ☐軍警公教 ☐資訊業 ☐娛樂相關產業

☐自由業 ☐其他________

您的學歷：☐高中（含高中以下） ☐專科、大學 ☐研究所以上

☞購買前☜

您從何處得知本書：☐逛書店 ☐網路廣告（網站：________） ☐親友介紹

（可複選） ☐出版書訊 ☐銷售人員推薦 ☐其他________

本書吸引您的原因：☐書名很好 ☐封面精美 ☐書腰文字 ☐封底文字 ☐欣賞作家

（可複選） ☐喜歡畫家 ☐價格合理 ☐題材有趣 ☐廣告印象深刻

☐其他________

☞購買後☜

您滿意的部份：☐書名 ☐封面 ☐故事內容 ☐版面編排 ☐價格 ☐贈品

（可複選） ☐其他

不滿意的部份：☐書名 ☐封面 ☐故事內容 ☐版面編排 ☐價格 ☐贈品

（可複選） ☐其他

您對本書以及典藏閣的建議________________________

____

____

✌未來您是否願意收到相關書訊？☐是 ☐否

✎感謝您寶貴的意見✎

印刷品

$3.5 請貼 3.5元 郵票
不思議信箱 FUSIGI POST

235 新北市中和區中山路二段366巷10號10樓

華文網出版集團 收

（典藏閣－不思議工作室）

打工勇者 07 END

天罪 NOVEL ILLUST 夜風